副腎皮質ホルモンによる副作用に苦しむすべての皆さまへ

あるがまんま。そのまんま。

――あきらめたこと。あきらめなかったこと。

前田弘子

青山ライフ出版

目次◆あるがまんま。そのまんま。

――二〇一三年八月十三日　娘の結婚式にて

お母さん、お母さんは働き者で迷いがなくて社交的。
人から相談を受けていたり、私にないものをたくさん持っていました。
私はいつからかお母さんをライバル視していたのだと思います。
この人に負けない大人になろうと。
母として慕うより、同じ女として負けたくない。
よくわからないけどそんな感じでした。
だからお母さんが病に倒れた時、すごく動揺しました。
それはきっと目標を見失ったからでしょうか。
でもそんな時、あなたは私を選んでくれました。
お店をやって欲しいと言ってくれました。
私はその時すごく嬉しかったのだと思います。
気付いていましたか？　お母さんは、お店のスタッフを全員下の名前で呼んで

「みんな私の子供みたいなもんや！」と言っていました。
それを聞いて私は少し嫉妬してたんですよ。
この約五年間、悩みや葛藤の度にお母さんにあたることも多々ありました。
病床のお母さんに対してひどい言葉も浴びせました。
本当にごめんなさい。
そして全て受け止めてくれてありがとう。
やっぱりお母さんはいつも大きな愛で私を支えてくれていました。
今後はみちたかさんと温かい家庭を作っていきます。
どうかお母さんもいつまでも元気でいて下さい。
そして、いつも胸を張っていて下さい。
少しだけ不自由になってしまったその足は、私たちが支えます。
本当にありがとう。

——披露宴の箸袋に

お母さん家を出る時も結婚式前も足痛いのに引っ張り回してごめんね。
でも連れて回りたいのは、やっぱ母ちゃんなんやな。
今日あんまりポーっとせんように。

娘の結婚式

はじめに

二〇一六年初夏、私はとてもありがたい機会を頂きました。彼女たちのグループ、エディシオン・アルシーヴが手掛ける、現在私の主治医監修の「シリーズ・骨の話」の中にある「膠原病」の素案を一部見せていただけるということで、四月二十七日、彼女は私の店へやって来ました。

あの頃あれだけ痛がっていた足なのに、しっかりとした足取りで店への階段を登って彼女は店に入って来ました。記憶にある彼女より遥かに小さくて「あれ、こんな小さかった?」と思ったのを覚えています。二時間ほど懐かしいお話、これからのことなどを私は彼女と語り合いました。「シリーズ・骨の話」を刊行する意味、また苦労話などをいろいろ聞かせて下さいました。刊行までの伊東先生とのまるで目に浮かぶようなバトル話もいろいろ伺いました。

彼女と先生は入院時代からよく(前向きな?)口論をしていたのを覚えています。そんなことを思い出しながら、まるで機関銃のように次々飛び出す彼女の話を懐かしく伺いました。

彼女が以前と何も変わらず、むしろ以前に増して意欲的に生き生きとお仕事されている姿を見て私は少々刺激を受けたのかもしれません。

帰宅して、改めて読み返してみたくなった文章があったのです。八年前のその時起こった事柄、感じた事柄を書き留めたものです。八年間パソコンの中で眠っていたその文章を開いてみて、改めて涙を流したり、笑ったり、忘れていた文章には感慨深いものがたくさん眠っていました。

私は八年前、膠原病の中に属す「ループス腎炎　全身性エリテマトーデス」と宣告され、免疫力低下のためにいろいろな事柄を制限され、その治療のために数々のお薬を処方して頂きました。パソコンの中に眠っていた文章はそこまでです。生まれて初めて自分の身体に起こった事柄がよく理解出来ないままひたすら書き綴りました。

それから治るため飲んだ薬によって身体は驚くほどの勢いで壊れて行きました。そして、その壊れた身体を治すための手術を十二回受けました。

もしかしてこれで終了か、人工関節になった左膝の膝蓋骨が壊死しているので、それもまた治すのか、わかりません。

周りの方は大体「大変だったわね！」「可哀想に！」「よく頑張ったわね！」と言って下さいます。その言葉は不思議でした。事実辛かった時期、一体自分に何が起きているのか理解できなかった時期はそう言われることが嬉しかったと思います。でも僻んでいる時、どんどんだめになっている時、その言葉はとても嫌でした。

でも過ぎ去った出来事を振り返ってみて今、何もかも受け入れてこの身体と共に歩く覚悟がいつの間にか出来ていたと思います。もちろん病気をして良かったなんて、ひとつも思いません。むしろ、こんな身体にならないでこれだけ多くのことを学べたらどんなに良かっただろうと思います。自分の身体が壊れないで知ることが出来たらありがたかったと思います。でも、私は情けないことに壊れなければわかりませんでした。

動かなくなった関節がひとつひとつ手術によって動くようになりました。

とても一人では着られなかった服が着られるようになりました。家の中でも常に何かにつかまらないと前に進むことが出来なかったのに、少しだけ歩けるようになりました。そんな出来事を素直に嬉しいと思いました。「出来ない」と決めていたことがひとつずつ「出来る」ことに変わりました。未だに「出来ない」ことはそれなりに受け入れました。「出来ない」時は僻んでいた心が溶けて来るのを感じました。「ありがとう」が言えるようになりました。

多くの入院の中で知り合えた人たちとの関わり、それはすべて普通に健康に生きていたら感じることも体験することもなかった出来事ばかりでした。たぶん、いえ絶対にこのことがなかったら巡り会うことのなかったたくさんの方々にも出会いました。それは先生方であり、看護師さんたちであり、病院のスタッフの皆さんたちでもあり、そして同じような、それ以上の体験をした病室でのルームメイトの方々でした。一緒に苦しみ、一緒に泣いて、一緒に笑い、励まし合い、お菓子や果物を分け合いました。夜中いつまでもそれぞれの人生を語り合い看護師さんに怒られたこともありました。

そこには、それぞれのいろいろな人生がありました。退院する時メールアドレスを交換して、その後の様子を報告し合いました。杖をついて会いにも行きました。入院中スッピンだったから、お互いお化粧している顔を見て褒めたり、からかったりしました。そして、その方々から多くの事柄を学びました。それはどんな立派な学校でも教えてもらえない大切なことばかりでした。何回も入院していると、そのルームメイトたちがお見舞いに来て下さいました。出町柳で長い行列が出来る大福屋さんに私のために並んで豆大福を買って来て下さったこともありました。その方々が再発したと聞けば本気で心配し、転んだと聞けば不注意を本気で怒りました。

今回、八年前のとりとめのないその文章をちゃんとまとめてみたい。その後の出来事も書いてみたい。と思ったのも一年ぶりにお会いした、病室でルームメイトだった彼女が背中を押して下さったからです。それはとてもとても強く優しく押して下さいました。


彼女は入院中いつも怒っていました。ある時は仕事の話をしに来る関係者に、ある時はご主人に、またある時は先生に、そして動けない自分に、いつも自分の意見を正直にはっきり伝える方でした。「痛い」「辛い」「面白い」「面白くない」「嬉しい」「ありがたい」「帰りたい」私が普段あまり使わない単語がとても新鮮にどんどん出て来ます。それらは彼女の出身地である関東の発音だったので余計に迫力がありました。

一生懸命絶えず前を向いている方でした。だから久しぶりに店でお会いした時小さくて驚いたのかもしれません。いつも堂々とした彼女はとても大きく見えていました。世間擦れした私から見れば、ある意味不器用な方だったのかもしれません。

でもその方は私の前ではいつも笑顔でいてくれました。お互いにいつも励まし合っていました。

不思議なことに種類の違う私を尊敬してくれたこともありました。そのせいでしょうか？　先生方のように喧嘩を売られたことは一度もありませんでした。そして私にいろいろなことを教えて下さいました。

十三回目の手術を終えて、私のお店で久しぶりにお会いした時、この文章をまとめることを勧めて下さったのです。そのおかげで私の体験を、その時感じた小さな事柄。思い出さなくてもここにある文章を、とりとめもなく書き続けたものを整理してみたいと思いました。形に残してみたいと思いました。素人だから上手くまとまるかわかりません。たぶん難しいと思います。でも私の周りには叱咤激励して下さる方がいつもたくさん存在します。だからこうして生きていけるのだと思っています。その方々に感謝を込めて、私らしく私の言葉で形に残します。

序章　八年前に書いた前書

皆一緒に夜は明ける。朝が来る。「さあ、頑張ろう！」と思う朝と「また朝が来てしまった」と思う朝がある。そういう時はもう一度眠ってみる。そうして、もう一度起きてみる。そんなことを繰り返しながら、どうにかこうにか歩いてる。

私の周りにたった一人でも私のために泣く人がいるのなら、辛くても、痛くても、起き上がれなくても、生きていなければと思う。その方がきっといいと思う。どうせ、生きて行くなら出来るだけ笑っていようと思う。その方が周りの人からの見た目もいいし、笑うことはなにより身体にいいよう。

私はある事柄に対してドカンと受け止めて大丈夫な時とそれに押されてグシャグシャになる時がある。それが、どういう場合にそうなるのかが解らない。まだまだ解らないことが多すぎる。

まだ三時半か……息子に何年前だったか誕生日にもらった「ド近眼」でも見える大きな文字が真っ赤に光る目覚まし時計を見ながらもう少し眠りにつく。また朝が来てしまった。歳をとったせいか、昼間これといって疲れることをしていないからか、夜中何度も目が覚める。次に時計を見たのは五時半。「六時半まで横になっていよう」なぜ「半」なのか意味はない。起きなければならない用事もない。でも、何かに突き動かされるように今日も起き上がる。そこに自分の存在を探す。笑える。泣ける。

たいして忙しい訳ではない。忙しさにかまけて、何も見て来なかった気がする。日本には四季があるということ。四季にはいろいろな祭があるということ。ベランダのむこうにある木が冬になると葉が散りベランダが葉っぱだらけになるということ。何も見て来なかった。


何も見て来なかった大切なこと。息子の好きな食べ物、娘の悩み、母の不安、寂しさ。


以前知り合った不動産屋の社長が言った言葉が頭から離れない。

「『生きている』ということと、『生きて行く』ということは違う」

彼女もC型肝炎を患い入院していたらしい。インターフェロン治療、そしてそれに伴う副作用で苦しんでいた。インターフェロンの副作用についてもう少し調べてみようと思う。辛い思いをしているのは決して私だけではない。

忙しいふりをして、五十歳まで目の前の大切な事柄、見なければならない出来事から目を背け、前ばかり見て、言い訳ばかりして、何もかも正当化して、生きて来た私にとって、家族の下着を洗い、食事の支度をして、家の中で髪の毛を拾い、洗濯物をたたみ、別に何時に起きても、何時に寝てもよいのだけれど、自分の存在を探し、もがいていることにどれほどの意味があるのだろう？　とても意味があることのようにも思うし、まるで意味のないことのようにも思える。

うつ病かな？

決して暗い訳ではない。家族は私がここにいればば決して見捨てないだろう。いなくなれば悲しむだろう。でも、それだって時が解決する。子供たちは母の人生は壮絶だった。と何年か経って振り返り、強く生きて行くはず。

まともに歩けなくなった今だから、書いてみようと思う。要は暇になったということ。「暇」という言葉からずっと逃げて来た。だから何も見ずに来た。今でも忙しいふりがしたい。それがこの書く、という作業ならそれでいい。書くことで得意の忙しいふりをしよう。今度こそ決して目の前にあるすべてのものから、起こっている事柄から目を背けずに書いてみよう。

サラリーマン時代　ほんま、元気やったよな

二〇〇二年、四十三歳。ＰＯＰライターのアルバイトを経て、その頃私は公設市場活性化のコンサルタント会社に勤めていました。京都はすべて行き尽くし、ある意味京都はもう出入り禁止になっていましたから大阪、奈良、三重など回っていました。

奈良は大和郡山、田原本、八木の方まで行きました。八木からまた電車を乗り換えて、三重の名張まで行ったこともあります。

「お母さん、次はどこに行くの？」娘が聞きます。

「名張だよ」

「ああ、メロンの美味しい所だね！」

「それは夕張でしょ！」

私によく似てあまりものを知らない娘です。毎日が小旅行のようでした。

その頃の私はそれだけ元気にあちらこちらを飛び回っていたのです。活性化したスーパーマーケットの開店までに店に着くためには始発に乗って出掛けることもありました。冬などは、まだ夜が明けていませ

ん。星を見ながら電車に揺られて出勤しました。

大阪市西成区鶴見橋商店街。それはインパクトの強い、でもそれなりに愛着のある商店街でした。当時、私がコンサルとして入っていたスーパーマーケットです。その店は午後六時に閉店です。それ以上店を開けていると、昼間ダンボールや缶を集めていたホームレスたちが雨風をしのぐために商店街のアーケード内に戻って来るのです。そして各自、道に布団を敷いて自分の居場所を作ります。

それが済むとスーパーの中にやって来て晩御飯を食べるのです。最初はビックリしました。惣菜売り場にやって来て焼き鳥も天ぷらも食べます。「警察呼ぶなら呼べや!」彼らにとって警察にいる方が遥かに楽なのです。少なくとも食いっぱぐれはありません。 どこのスーパーでも不要になったダンボールなどは回収業者に頼んで回収してもらいますが、そんな業者はここでは必要ありません。朝になったらダンボールはすべて消えているのです。廃棄した食材や弁当も彼らは食べます。ある日ゴミ箱に南京錠を付けました。翌朝見たら、そのゴミ箱は見事に四角く穴が開いていました。彼らだって生きて行くために必死です。

彼らは皆それぞれ「犬」を連れていました。彼らがリヤカーを引いて、その上に「犬」が座っているのです。「逆の方が楽そうだわ」「よっぽど、大切なのかな?」自分がその日食べるのも必死なのに、どうして「犬」なのか? 私は疑問でした。だいぶこの土地に慣れた頃、顔見知りになったあるホームレスの男性に私はその疑問をぶつけました。彼は二十一番。彼らはそれぞれを番号で呼んでいました。本名は知りません。

二十一番は言いました。「あれは、わしらの寝具や」「……?」野外で寝るのに暖かいと言います。ブランドのバッグを持って、ブランドの時計をして、高級なスーツを着て「私はコンサルでございます」と高飛車な私が、何かよく解りませんがほっとしたのを覚えています。

「生きて行く」ということ。その頃の私にこれから起こる数々の出来事を予想するなど、とうてい不可能なことでしたが、意味もなくほっとしていました。私はたぶんその頃、必死に頑張っていたのです。歳も歳だし後がありません。「人に雇われる」ということのタイムリミット。認められなければ生き残れない。そんな思いが絶えずありました。そして「認められる」という意味を間違えて認識していたのだと思います。

彼らの武器はどこかで拾った使い古しの「ホカロン」に砂を入れたものでした。気に入らないことがあったり、危ない出来事が起こるとそれを投げて来ます。私の武器はと言えば、その頃たぶん「見栄」でした。その街は「見栄」のいらない街でした。

ワゴンに山済みになった靴、五百円!「仕事ならこれでいいや」

「おっちゃんこの靴ちょうだい」

「あいよ!　どっちの足?」

「……?　両方欲しい」

「ほんまかいな。じゃまくさいなあ。ちょっと待ちや、探すわ」

「ありがとう」

「両足やったら千円な！」

ある日レジのバイトが私のもとに来ます。

「前田さん、相談があるんですけど」

「どうしたの？」

「母に戸籍を売られました。そのまま母が蒸発しました。もう住む所がありません」

「……？　戸籍って売れるの！」

この歳まで一般のこの歳の人よりは経験を踏んだつもりの私でしたが、聞いたことのない単語ばかりでした。「ごめんね！　私にはどうしていいかわからない」スーパーの台車を借りて二人でそのアパートの荷物を持ち出すだけが私に出来ることでした。

違うアルバイトがまた来ます。

「前田さん！　三角公園にこの前盗まれた私のGパンが売ってます」

「……？」

この頃の話をしたらきりがありません。ほんの少しの期間でした。でも私のこれまでの生き方に少し疑問を持った瞬間だったと思います。

ここで一緒に働いた仲間。一番印象に残っているのが中尾、店長、そして阿佐ちゃん。対照的な三人だったように思います。

中尾は禿げかけの金髪。どこから見てもやくざな風貌。指ぬきのような金色の指輪をしています。そのスーパーを経営していた奈良のお肉屋の社長に拾われて、どうしようもない人生を救われて社長をまるでやくざの親分のように慕っているやつでした。最初会った時はかなり引きましたが、単純ないいやつでした。訳の解らないバイトの相談に一緒に走り回ってくれたのも彼でした。台車の引っ越しも一緒でした。

店長。体重百キロはあったと思います。ある日「まぐろの解体ショー」で職人が指を切ります。血が吹き出ていました。私はどうしていいか解らずうろたえていました。彼は焼酎を口に含みプーっとその傷口に掛けたのです。「アルコール消毒や！」刺身を入れるために用意した発泡スチロールのトレイに石鹸を入れて、小銭を分けるために百円均一で私が買った洗面器を持ってお風呂屋に行きます。オープン直前ものすごく忙しい時などは焼きそばＵＦＯをカリカリ食べて、その後お湯を飲みます。「腹に入ったら一緒や！」ごもっともです。何もかも豪快でした。そのくせしっかりしていて、レジの子たちの制服を注文した時、知らない間に自分のスーツも発注していました。百キロはありますから特注です。請求額が思ったより高いので納品書を調べて解りました。調べればすぐ解ることです。なぜか笑ってしまいました。奈良の社長には内緒にしました。

そして阿佐ちゃん。二人とはまるで違う第一印象は体育の先生のようでした。ポロシャツにコッパン、むちゃくちゃ爽やかです。この町にまるで似合わない風貌でした。なぜここにいたのか知りません。彼は野菜を売っていました。よく二人で飲みに行きました。とにかく理屈っぽいやつでした。でもなぜかその理屈には説得力がありました。彼は「姉さん」と私を呼びました。私が退職したすぐ後に彼も辞めて今保険会社で働いています。

間違っているのか？　合っているのか？　そんなことは最後まで解りません。ただその日を一生懸命生きている人たちを自分には関係ないように、でもなぜかほっとして見ている私がいました。だからと言って私が生きて来たこれまでを覆すまでには至りませんでした。「生きて行く」ということの意味を感じながら、私はまだブランドの品々を好んで囲まれて生きていました。

そんなスーパーもほどなくして潰れてしまいました。私たちの経営方針が間違っていたのだと思います。要するにこの地域を私たちはなめていました。見下していた、という方が正解かもしれません。ブランドの品々に囲まれた私はそれがまるで偉いことのように、「私たちはちゃんと生きています」「あなた方は違います」のような間違いだらけの思い込みがあったと思います。

「安かろう悪かろう」の商品ばかり扱っていました。それは見誤りでした。エンゲル係数のとても高い地域だったのです。時々仲間と近所に食事に行きましたが、どの店も新鮮で美味しいものをとてもリーズナブルに提供してくれたと思います。良い品、美味しい食材を彼らはちゃんと見極めていました。たとえどんな仕事であっても、ちゃんと働いて生きている方々はとてもプライドがありました。それは、私のような中途半端なプライドではなかったと思います。

たぶんそれが最後のコンサルの仕事だったと思います。「社長！　次はどこに行きましょう？」「もうどこもない！」「お疲れさん」「……？」その会社自体消滅していたのです。その後、鶴見橋のスーパーでオーナーだった、奈良のお肉屋さんが経営するスーパーで阿佐ちゃんと一緒にしばらくお世話になります。でも違う！　何か行く所がなくなったから拾ってもらったような。私の「居場所」ではなかったのです。

二〇〇二年十一月、私は奈良のスーパーを退職しました。その時、たいした貯えもないくせに自分で店をしようと私はもう決めていました。私が考えた店は、その頃流行り出していたカフェバーです。やはり流行りやブランドに弱い単純な人間でした。「いい格好しい」の私はどこか違う職場で「今日からお世話になります」「新人の前田です」それすら言えなかったのでしょう。

スーパーマーケットでの仕事が長かった私は、接客と食材には自信がありました。でも「飲食」という世界はそれとはやはりまるで違います。事業計画書すらまともに書けません。客単価、回転率、人件費率、損益分岐点、一応コンサルでしたから意味は理解しています。でも飲食業に当てはめてみると、とても明るい数字にしかならないのです。楽観的、軽率な数字です。それほど地道で大変な世界だということをその時の私は知りませんでした。

楽観的な事業計画のまま、金融機関に最初の融資を申し込みます。もちろん断られました。たった三か月、商工相談所のご指導を受けて推薦状を書いて頂けるまでこぎ着けました。そして再度融資を申し込みます。商工相談所の方に書いていただいた推薦状が嬉しくて嬉しくて、推薦状を提出してしまうと手元に残らないので、記念にと近所のコンビニでコピーしたのを覚えています。

その中の一節に「資金面では少々不安はあるが、意欲は認められる」とありました。コピーしながら可笑しくて、ワクワクして、それを折りたたんで大切にしまいました。提出後、すぐに融資がおりたと思います。


最初はみんなに反対されました。でも、得意の話術で、なにもかも正当化して、周りを納得させたと思います。後に読んだ伊坂幸太郎の本にあった「言い訳や説明が必要なのは、物事に対して後ろめたさがある場合だ」という言葉を、私は日記の余白に書き留めています。きっとその時、心に刺さったのかもしれません。

三百万円の融資が通った時、妹の旦那さまは詳しいことなど一言も聞かず保証人になってくれました。その頃の私は、そんなことでもなければ妹の家には行きませんでした。

二〇〇三年四月一日（エイプリルフール）、無謀にも私は、小さなカフェバーをオープンさせました。

開店　いのしし生まれが、やっちまった

京都市伏見区の区役所に近い十五坪程のお店です。その店の名前は「iichan.chi」皆に「え！」って言われたのを覚えています。高校からの同級生の智子が反対しながらも店舗のデザインを担当してくれていました。さすがデザイナーです。かっこいい店の名前をいくつか考えてくれていました。でも、私のこの店は「iichan.chi」だったのです。それは初めから決めていました。

まだ私たち姉妹が小さい頃、妹は私のことを「お姉ちゃん」と言えず「いいちゃん」と呼んでいました。いつからでしょうか？　小学校、中学校の友人たちは皆、妹にならって私を「いいちゃん」と呼びました。大人になってそんな呼び方をする人は誰もいませんが、私はいつまでもあの日妹が呼んだ「いいちゃん」でした。だから「iichan.chi」「いいちゃんの家」です。ちんけな名前ですが私はそう決めていました。

今でも時々お客さまに「iichan.chi」ってどういう意味ですか？　と尋ねられているようです。スタッフは背筋を伸ばし、自信を持って「オーナーのあだ名です」と答えてくれます。

それはそれは必死で働きました。家のこと、家族のこと、何も見ずに過ごしました。最近、その当時の

バイトからメールが来ました。「店長！　やっと倒れたなあ」「いつ倒れるかと思ってた」それほど無我夢中でした。何も腹は立ちません。嬉しいメールでした。

反対した人たちに「ほら、みてみい！」「やめておけばよかったんだ！」と言われたくなかったのだと思います。でも、反対するのは当然です。しばらくして、小さいながらも少しずつ常連さんが出来、決して順調とは言いませんが確実に自分の「居場所」を作り始めていたと思います。その頃、妹はパートの帰り毎週一回、その店に花を生けに来てくれていました。妹がいつそんな免許を取ったのか？　そんなことさえ私は知りませんでした。

三年ほどたった頃だったと思います。ほとんどオープンから一緒に試行錯誤した料理長の誠治が骨折で入院します。彼も私も素人でした。でも必死に二人で、そしてその頃のバイトも一緒に創り出したレシピはそれなりにお客さまに喜ばれていました。

ある日、ランチを食べに来たのが光司です。右耳の聞こえない彼は聞こえる耳を私に傾け「ここでバイトさせてもらえませんか？」「ここの料理美味しかったです！」とレジで言いました。それが彼との出会いでした。「素人」でくくってしまえば、そうなのかもしれませんが、彼の料理に対する想いは新鮮なものでした。料理に対する情熱と好奇心は素敵に輝いていました。

その頃、たった十五坪の店にバイトも増えていました。何も儲かっていないこの店で、私の選択はこの子たちを切るか、この子たちと大きくなるか？　そうだったように思います。合っているか？　間違っているか？　それは解りません。私の選択は「この子たちと大きくなりたい！」でした。妹の旦那さまはその時もまた何も聞かず保証人になってくれました。

二〇〇七年三月九日、私は念願だった、今の場所よりはるかに人通りのある、すぐそばの大手筋商店街、一年ほど空いていて家賃のだいぶ下がった、五十坪のテナントに移りました。

光司は生きいきとした目で厨房を組み立てていました。その頃いたバイトも各自新しい未来に目を輝かせ頑張っていました。もちろん私自身これからの展開を信じていました。この子たちを切らないで、みんなでここに来たことを心から正解だったと思っていました。この子たちと始まる新しいiichan.chiに舞い上がっていました。

その店の名前は「agio iichan.chi」少しだけ格上げです。「いいちゃんち」はいつも電話帳で二番目でした。「あいうえお」の「い」から始まるからです。「何でもいい！」「あ」を付けたら一番になれる。また智子に頼みました。「agio」それは「寛（くつろ）ぎ」の意味でした。「ＡＢＣ」でも一番です。それでいい！　私にとって新しい「iichan.chi」の始まりでした。

そのオープンの日、私の指は一切動きませんでした。お茶碗も、鉛筆すらも持てなかったのです。部屋の襖は肘で開けていました。でもすぐ治ります。午後には治っているのです。そんな日がしばらく続いたと思います。「オープンの準備で頑張ったから、過労だろう」と思いました。

その直後、肩がまったく上がらなくなります。これは結構長く続きました。「ついに店長、四十肩やあ」当たり前のように私はそう思っていました。

膝も日替わりで痛みます。店のほんの少しの段さえ降りると痛みます。それは、ある日右だったり、ある日左だったりします。店はお客さまの視線まで膝を折ってオーダーをとるように指導していましたが、私自身それが出来ないのです。

髪はバサバサと抜けて五百円玉ほどの禿があちらこちらに出来ています。よくコマーシャルで見る「コンドロイチン不足?」「まっ、歳を取るとあちこちガタが来るんだなあ」なんて、そのことについてあまり深く考えることもなく、新しい店の日々に追われていました。

やはり店が大きくなると夢も大きくなりますが、苦労も大きくなります。自分の身体のことなど考える余裕もなく、毎日違う場

agio iichan.chi

所にピップエレキバンを貼って過ごしていました。禿が解らないように髪をアップにして過ごしていました。それがすべてこの得体の知れない病の前ぶれだ、などということに気付くはずがありません。あっという間の一年でした。

発症　何が起こってんの？

まだ梅雨も明けない、相変わらず蒸し暑い、二〇〇八年七月。『クライマーズハイ』全国ロードショー！　夜、息子とテレビを観ていた私は「お母さんこの映画観たいわ！」

一九八五年当時、私は二十六歳。おばさんの扉をくぐった所の年頃でしょうか、御巣鷹山飛行機墜落事故。坂本九死亡。「可哀想。可哀想」と言いながら、これほど興味、野次馬根性を刺激する出来事はホテルニュージャパンの火災以来でした。連日連夜ニュースに釘づけになり「川上慶子ちゃん救出！」主婦の興味、野次馬心が掻き立てられる出来事の連発でした。人気の写真雑誌にその惨状が記載されます。それはもう目を覆う状況で木にぶら下がった遺体、焼け焦げた遺体、黙々と作業する自衛隊の姿。当時その雑誌について世間は物議をかもしていましたが、女は残酷です。手で目を覆いながら指の隙間から写真を見る。「おまえよくそんなもの見れるな！」と軽蔑されながらそれでも見る。そんな典型的なおばさんになりかけた時期でした。

夜、酔っぱらった私はそんなことを懐かしそうに息子に話していました。「一緒に行かない？」何からも現実から目を背けて来た私は、息子が小学校四年生くらいからだったでしょうか、息子の反抗期が始まり、中学の頃などは三者懇談に行くのも別の道を行くわが子に別段深く考えることもなく「男の子なんてこんなもんだ」と勝手に考え、たいした会話もないまま、時々夜会うと「いい歳して何してる！」「男なら家族を助けろ！」「出来ないなら出て行け！」などと口汚く息子を攻め立てていましたから、まさか私の映画の誘いに乗って来るとは露ほども思わず気楽に言った一言でした。

「いいねえ！　たまにはおかんと映画観るのも。次の休みに行きますか！」驚きでした。でも少しくすぐったいような嬉しさを覚えています。次の木曜日「おかん、俺仕事忙しかったからすごく眠い。来週にしよう！」さほどがっかりもしませんでした。それよりこの子覚えているんだ。本気で行く気なんだ。そのことの方が嬉しかったように思います。「わかった！　ほな来週行こうな！」そう言ったのを覚えています。

週が明け、少し熱っぽい、寒気がします。「ああ……風邪を引きそうだわ」早く治さないと息子との約束がある。いつものことです。コンビニの安い栄養ドリンクと、いつのか解らない店にある風邪薬。それを一日三回、一度に飲めば治るのです。夜ビールを飲んでさっさと寝る。それで治るのです。忙しいふりをして自分の身体を過信し続けた私はいつもそうして生きて来ました。そして事実この歳までさほど何事もなく、それすらも正当化して過ごして来たのです。

息子の休みは毎週木曜日です。水曜日、いよいよ本格的に熱があるのを自覚しながら明日息子と映画に行くことに心を馳せて、熱を計ってその現実を見ると何もかも崩れそうで、その日は熱を計らずに働き続けました。現実から目を背ける性格はまだ生きづいていたようです。次の日、熱は四十度ありましたから、たぶんその日もかなりあったと思います。

木曜日の朝です。

「大祐、ごめん！　おかん風邪やあ。映画今度にしよ！」

「そりゃ大変やなあ。わかった。寝とき！」

少しほっとしたような息子の社交辞令的な返事でした。苦笑い。寝ていよう！　そうすればすぐ治る。息子と映画に行くつもりでしたから、その日は二週間前から休みを取っていました。それから十日ほど、私は熱が下がらないまま店に立ち続けることになるのです。

熱が出たのとほとんど同時だったでしょうか？　足に赤い斑点が出始めました。それは何も痛くはありません。子供の頃から小児ストロフルス、じんましんなど、アレルギー体質な私にとって、いわゆる「出来物」が出来ることにはあまり抵抗も驚きもなく「なんだろう?」と思う程度だったような気がします。

熱が出てから一週間。食欲もなく果汁入りゼリーを飲みながら働く毎日です。バイトの皆も心配して、グルコサミンのお薬や、栄養ドリンクを買って来てくれます。ありがたくて、一刻も早く治りたくて、それらを一生懸命飲んでいました。その頃からです。さすがの私も「おかしい」「いつもの風邪じゃない」と思い始めていたと思います。一週間経っても熱が下がらないのは初めてのことです。母に医者に行くよう勧められ、珍しく素直に従ったのもそのせいだと思います。

二〇〇八年七月二十二日、家の近所のお医者さまです。本当に何年ぶりでしょうか？　私はその病院の門を叩きました。待合室は小さな子供があふれかえり、やかましい！　熱が下がらない。しんどい。一刻も早く診て欲しいのに、いったい何時間待たす気なんだ。たいしたことなさそうな子供ばかりじゃないか！　まったく自分勝手な話です。母から「一度家に帰る？」とメールが来ましたが、そのメールさえもうっとうしい！「動くのもめんどくさいのに！」メールを見た私は、「ああ」と溜息をついています。自分がいつも一番正しくて、一番忙しくて、一番偉いとでも思っていたのでしょうか？　私はそんな人間でした。

尿検査、血液検査、レントゲン撮影。ありきたりの検査を済ませ「検査の結果は三日後です」とのこと、とん服、抗生物質をいただき、何年かぶりの病院訪問は終わりました。その頃の私はまだ「これで母への義理は果たした」その程度の軽い気持ちでしかなかったかもしれません。確かに「いつもと違う」という自覚はありましたが、まだそれほど重大には考えていませんでした。

「さすが医者の薬は違うねえ！」次の日、熱は三十七度台になり、足のぶつぶつもうっすらして来たのです。三日後、**七月二十五日**、再び近所のお医者さまへ。今回は母がちゃんと予約を入れてその時間に私が行く。ありがたいことです。そのありがたさにさえ気付いていませんでしたが。

血液検査、尿検査ともに異常なし。「足の血腫も熱が下がれば引くでしょう」先生の診断でした。安心しました。「やっぱりなあ」という思いです。「異常なしや！」照れて家族やスタッフに言ったのを覚えています。私は重病になる「キャラ」ではない。いつか笑い話で済む。

昔々、夜中死ぬかと思うほどお腹が痛くなって病院に駆け込んだことがあります。普段病気などしない私が覚悟したくらいです。病院の診断は「お腹にガスが溜まっています」「それが神経を押しているだけですよ」でした。皆に大笑いされたのをよく覚えています。その日から歯医者以外病院に行ったことはありません。行かなくても自然に治るし、この歳まで風邪すらあまり引いたことがありませんでした。だから私の異常はすぐ治ると勝手に決めていたのかもしれません。


その翌日です。踵に新しい血腫が出来ました。靴下のゴムがいけないのかな？ そんな風に思ったと思います。次の日ハイソックスを履いてみました。その後見た私の足はもう信じられない有り様でした。その血腫は太ももまで広がり足は浮腫み出しました。最初に足首にできた血腫は腫れて来ていました。ぶつぶつは徐々につながり赤黒いあざのようになり、不気味としか言いようのない両足になっていたのです。

その姿にさすがの私も普通ではないことに気付き出していましたし、何でも持論を正当化してもっともらしく説明する私にも、もう説明のつかない状況でした。娘や息子は足の様子を知っていましたが、母だけには知られたくない。心配させたくない。綺麗事ではなく、いつも上から目線で母に接していた私にとって母に弱みを見せたくない。そんな気持ちだったと思います。暑いのに長ズボンを履きその状態を隠して過ごしました。時々正座をしていると「踵の出来物が見えてるよ！」と娘に叱られて慌てて隠していたのです。その二、三日後にはもう娘や息子にも、とても見せることが出来ないほど足は変形して醜くその姿を変えていました。

自営業の私にとって、身体の不調だけでは言い訳できない「しなければいけない」事柄があります。それはもう気力だけでした。七月二十八日、スタッフのお給料日。

五月にお金もないくせに追加した店のクーラー代の支払いのために、保証協会に申し込み。去年移転した店はギリギリの予算だったためホールに二台しかクーラーがなく「暑い！」とお客さまに苦情を言われていたものですから、暑くなる前になんとかしなければとずっと思っていました。常連の田中さんの紹介でその工務店の社長が店に来て下さったのは三月だったでしょうか？　お金がないこと、借金がいっぱいで融資が難しいことなど話し、それでもクーラーがないとお客さまから苦情が来ることなど田中さんと説明しました。

「よっしゃ！　わかった」「わしに任せとき！」

「？？？」

何を任すのでしょうか？　それでも快く引き受けて下さったのです。新しいクーラーを二台付けていただきました。必ずお金を借りて返済しなければなりません。そんな事柄が気力となって、私を突き動かしていたのでしょう。

今思えばなぜそんな予算もないくせに大きな店に移転したのかも解らなくなります。見栄ではなかったのか？　違います。「夢」でした。少しずつ大きくなることが私の夢でした。去年の私より今年の私。今年の私より来年の私。失敗しても、つまずいても後戻りは嫌でした。そういった姿をいつも必死でスタッフたちに見せ続けていたいと私は常に思っていました。「大きくなる！」とスタッフに宣言して、そして実現する。それが彼らを育てること、それ以上に自分が成長することだと思い続けていたのです。

それを見栄だと言われるならそうかもしれません。一緒にここで働いてくれたバイトたち。彼たち、彼女たちが次の人生でここにいたことを決して後悔しないよう。「ここで働いてよかった！」と思うよう、大きくなり続けていたかったのだと思います。一年前、この子たちを連れてここへ来たことを後悔したくありませんでした。

結局、自分のためなのですが。それも何もかも、正しいと思って来ました。それはすべて身体が健康である。ということが前提だったのでしょう。身体が動かなくなる。などということは、これっぽっちも考えもしていなかったからでしょう。後にこれだけ娘や息子に迷惑を掛けることになるなんて少しも考えていなかったからでしょう。

とりあえず店主としてどうしてもしなければいけないことは終わりました。足はパンパンに浮腫み、もう靴も履けません。とん服はとっくに切れていましたから市販の鎮痛剤を飲んで三時間ほど熱を下げて働きました。

薬が切れると熱が上がり、立つことすら出来ません。パントリーにパイプ椅子を持ち込み、洗い物がない時は座っていました。明らかにおかしい、自分の身体は異常をきたしている。

その日、キッチンスタッフの稲さんが「店長邪魔です。帰って下さい」と言います。彼の精一杯の愛情表現だったはずです。彼らは私の性格をよく知っていました。「大丈夫ですか？」と言えば私はたぶん「うるさい！　大丈夫や！」と言うのです。「ありがとう。帰らせてもらうね」逆らう気力さえ残っていませんでした。光司はその日遅番でその時店にはいなかったと思います。

その日から私はこの店の一番好きな場所、パントリーに立つことはなくなりました。パントリーに立つと店全体が見渡せます。お客さまの顔、ホールで頑張るスタッフ、キッチンで料理するスタッフ、頑張っていてもさぼっていてもここからすべて見渡せます。だから私はここに立つのが大好きでした。

今回は誰に勧められたわけでもなく、もう自分でお医者さまに行くと決めていましたから、帰宅後夕方の診察時間を待って腫れた足を引きずって一人で病院に向かいました。「案外近いやん！」一回目も二回目も母に送ってもらっていましたから、娘にも迎えに来てもらっていましたから、そう思ったのかもしれません。それほど私が病院に行くという行事はわが家にとって一大事だったのでしょう。

今日病院に行くことを母には伝えてありました。いつも夜遅くまで仕事でいない私が家にいたらかえって心配するだろうと思ったから伝えました。もちろん私は診察が終わったらすぐ家に帰るつもりでした。

母は仕事で早く帰れないとのこと。

「大丈夫！　心配せんといて」

「あっ！　今日の晩御飯、鶏の水炊きがいいわ！　作っといて」

食欲のない私はその頃小さなおにぎり一日一個しか食べませんでしたし、毎日一人で食事をしている母に少しでも安心させよう、喜ばせよう、と思って言ったのだと思います。心配してガンガンメールが来たり「迎えに行こうか？」と言われるのがめんどくさかったのでしょう。だから「案外近いやん！」と自分に言い聞かせたのかもしれません。

「先生助けてください」

「熱も下がりません」

「こんな足になりました」

弱音を吐いたことがない、人に弱みを見せるのが嫌いな私が弱々しく訴えました。

先生は絶句でした。一目私の足を見て、

「私にはもうどうすることも出来ません」「解らないんです」

「すみません」

「私の友人が高田病院にいます。今日は夜診がある日です。紹介状を書きますからすぐそちらへ行って下さい」「いやですか？」

断る理由がありません。

「夜診って何時までですか？」

「六時までです」

もうすぐやん！　急がないと。

タクシーに乗ろう！　もう歩けない。木幡の池のほとり、冷静に考えればタクシーなんて走っている訳がありません。必死で辿り着いた京阪木幡駅。六地蔵まで一駅です。「六地蔵ならタクシー乗り場がある」朦朧とした意識の中、私は電車に乗りました。六地蔵からやっとの思いでタクシーに乗ったと思います。そして高田病院に辿り着いたと思います。最後の力を振り絞ったという感じでした。

母が鶏の水炊きを作って待っている。どうしよう。とりあえず診察が先か。

紹介状の力でしょうか？　すぐに内科の病室に通された私はそこで一生忘れられない衝撃的な言葉を耳にすることになります。

内科の女医さんはとても綺麗な先生でした。こういう病院は熊みたいな先生ばかりだと思っていましたから意外な気がしました。私の足を見て「こんなの見たことない……」小さな声で呟いたのです。他の先生としばらくひそひそと話した後、「皮膚科の先生に診ていただきましょう」胸ポケットのピッチを手にされました。「先生今お忙しいですか？　ちょっと診ていただきたい患者さんがお見えなんですが」

間もなく皮膚科と思われる男性の医師が診察室に現われ、私の足をじっと見つめていました。とても長い時間だったように思います。

「考えられる可能性は……」また間がありました。

「膠原病しかありません」

「……」

聞いたことはありますが、まさかその言葉が私に向かって告げられるなんて。診察室の綺麗な女医さんの顔、皮膚科の先生の顔、その他珍しいものでも見るように口々に何か言いながら私の足を覗きこむ先生たちの顔がぐらぐら揺れて見えました。

皮膚科の先生「救急ですか？」

「いえ、開業医より依頼があり、お一人で徒歩でおみえです」

「ほほお……」「入院ですね」「ベッドはありますか？」

「大丈夫です」

「わかりますか？　前田さん入院しましょう！」

「何か段取りがあるなら今日とは言いませんが、どうします？」

「今後は内科と皮膚科とで診ていきます」と綺麗な先生。

「いえ！　これは皮膚科です」と男性の先生。

私は一体どこにいるのか、今何が起こっているのかまったく理解していなかったと思います。そんな会話をその輪の中に自分がいるのかいないのか、ただぼんやりと聞いていました。

二〇〇八年七月三十日、四十九歳。出産以来、初めて私は入院することになるのです。

入院　どうしよ

その時、まるでその時を待っていたように、何かがプツッと切れたように、私の腫れあがった足の血腫は音をたてて破れだし靴下は血まみれになっていました。もう限界でした。とにかく横になりたい。眠りたい。助けて下さい。「入院です」の声に消え入りそうな声で「お願いします」と答えたのだけ覚えています。

「今後の点滴のため、先に針だけ刺します」

「お願いします」「母に電話させて下さい」

「後にして下さい」「五階に公衆電話があります。そこでいいでしょう?」

「はい」

逆らう気力も残っていない私は、かっぷくのいい看護師さんの後を朦朧とついて歩き与えられた病室に入りました。ただ横になりたい。寝かせて欲しい。寝れば治る。だから寝かせてくれ！　何も考えず。今日だけでいい。三日ほど仕事休むのも仕方ない。月末払いはどうなってる?　誰かに頼めばなんとかなる。ああ、そんなこともうどうでもいい。今だけ考えたくない。今日だけ許して下さい。

寝たい……横になりたい……その時の私はそれだけでした。

次の日いただいた「入院診療計画書」には病名、両下腿紫斑とありました。

あまり覚えていませんが、五階に着いてから母に電話したのだと思います。それが看護師さんの言う通り公衆電話だったのか？　私の携帯だったのか？　解りません。「わかった！　すぐ行く！」母は冷静な口調でしたが、後に聞くとほとんどパニック状態だったようです。　もちろんです。私が病院に行くだけで一家の一大事だったのですから。それが入院なのですから。

母はすぐ来てくれました。思いついたパジャマ、下着など持って。まだ私の足の状態を知らない母の前で着替えるわけにいきません。困ったなあ。その時、まだ母に甘えられない私がいました。なぜなのか解りません。心配させたくないのか？　威張っていたいのか？　朦朧とした意識の中でそういう思いがグルグル回っていました。「瑛梨から電話や！　そばまで来てる。迎えに行って来る！」と母。

ほっとしました。今のうちや！　パジャマに着替えられる！　母にまだ足の状態は、ばれてない。ことの重大さにまだ気付いていない私は、今この時母に心配を掛けないで、いえ、ばれないで済むことに安堵したのです。私が入院した病室「五六五号室」が皮膚科であることなど、その時の私はもちろん母も知らなかったのですから。後に母は言います。「娘は内科に入院したのでしょう？」「何で皮膚科なんですか？」看護師詰め所に聞きに行ったようです。私の足を知らない母には訳が解らなかったのだと思います。

間もなく娘が姿を見せました。なぜかほっとしました。張り詰めていたものが溶けてきました。母にはどうしても見せられない弱い部分が出せるのです。説明はできません。心配させてもいい！　ということなのでしょうか？　足の異常も最後まで娘には見せていました。母の前では完璧な自分でいなければいけない！　と張り詰めている私が娘の前では「あんたの親や！　大したことない人間やで」って態度でいられるのです。

何もかも偉そうに正当化して語ってきた私ですが、私の人生は無計画そのものでした。昭和五十五年九月息子を産んで、翌年五十六年十月娘を産んだのです。私が二十一歳と二十二歳の時でした。周りの友人は遊び盛り、羨ましかった。自分が悲劇の主人公のように思った時期もありました。何もかも自分でしたくせに、何もかも人のせいにして、周りの迷惑など顧みず自分の思うままに、なるがままに生きて来たのです。

それでも娘が可愛かった。とにかく可愛いのです。息子は愛しかった。それと違う、なにもかも可愛い。親馬鹿です。誰がなんと言おうと世界一可愛い！　精一杯見栄を張って弱みを見せずに生きている私の癒しのすべてでした。息子が反抗期を向かえ会話がなくなった時も、いわゆる第二子の要領の良さなのでしょうか？　いつもこの子に励まされて来たように思います。

「五六五号室」に入ってきた彼女が持って来てくれたもの。たぶん彼氏とどこかにお泊りした時に買ったのでしょう、携帯化粧落し、ウエットティッシュ、DS、携帯の充電器、さすがです。「さすがやなあ！」「瑛梨助かる！」「ありがとう！」横で母が寂しそうな顔をしていたのに、その時の私は気付きませんでした。

いただいた、「入院に関しての説明書」を読んでいた母は黙って病室を出て売店に行き、これからの入院生活のためにミッキーマウスのお箸と箸箱を買って来てくれました。そのお箸と箸箱はそれから何回も入院するたびに、私と一緒に病院に入院しています。今ミッキーマウスの塗装は少しはげて色褪せて私と一緒に歳をとって来ています。

母が娘に電話した時、私が「お寿司が食べたい」とたぶん言ったのだと思います。コンビニの巻き寿司もありました。何個食べたのでしょうか？

だいぶ後に聞いた話ですが、あの日の鶏の水炊きは二週間以上、わが家にカビが生えたままあり続けたようです。私の思ってもいなかった長い入院生活がこの日から始まりました。

翌朝目が覚めて、破裂した血腫のせいでシーツは血まみれでした。「よそのお家でおもらししてしまった」みたいな妙な気分になりました。

「大丈夫ですよ、シーツ替えましょうね、ビニールシート敷いておきますね」看護師さんは実に優しくおっしゃいました。

熱は相変わらず下がらず。どうしていいのか思案している時、病棟の全体アナウンスで「おはようございます。朝食の準備が出来ました。廊下においでください。無理な方はそのままお待ち下さい。病室までお持ちします」と聞こえて来ます。私は重症なのか？　まっ、どうでもいい！　新入りなんだし、朝食をわざわざ取りに行かないでもきっと誰かが持って来てくれる。私はなんだかそんな思いでそのまま横になっていました。その日結局私の朝食は「なし」でした。考えてみたら前の晩九時頃入院した私の存在など、まだ情報になかったのかもしれません。生まれて初めての入院の夜明けはそんな風に始まりました。

今考えると少し笑えます。ザワザワ朝食を取りに行くのが「新入り」には恥ずかしかったのだと思います。しんどくても、まだ「いい格好しい」の私がいました。その日、妹も息子も病院に来てくれそうですが、私はひたすら眠っていたので後に皆に笑われますが、知りません。ふと、目が覚めた時「味付けのり」が棚に置いてありました。たぶん妹が置いていってくれたのだと思います。

冷静を装っている母が泣きそうにあちらこちらに私の入院を知らせていたことも知りません。私はまるで死んだように眠り続けていました。

ステロイド投与

ステロイドって、なんやねん

この日から検査、検査、まず足の甲から皮膚を採取。唇から皮膚を採取。唾液を採取。もちろん何をしているのか意味は理解できません。事前にいちいち説明はありますが、理解する気もありませんでした。相変わらず熱は下がっていませんでしたし、解熱剤を飲みながらの検査回りでしたから、その時の私は病名を特定することより楽にしてもらえる方がありがたかったはずです。

皮膚科担当の先生、「愛先生」昨晩の内科の先生に劣らない綺麗な先生でした。後に息子が一目惚れしたぐらいです。近頃の病院は熊みたいな先生ばかりじゃないんだなあ。こんな綺麗で先生になるということは頭もいいんだわ。一流大学を卒業して、きっと成績優秀だったのでしょう「天は二物を与えず」って嘘だわ。こんなお子さんを持った親御さんは、さぞ鼻が高いだろうに。しんどくてたまらないのに、おばさん根性はまだ生きづいていました。

廊下のはずれにある階段、そこだけが「携帯〇K」でした。

まず店に電話したと思います。電話に出たのはバイトの藤田君でした。私の病状を心配して栄養ドリンクや薬をくれた彼でした。

「店長、昨晩そのまま入院になってしもた」

「えっ！　大丈夫ですか？」

「ようわからん。三日ほど店休むし藤田頼むで」

「それは大丈夫です。店長任せて下さい」

まだそれほどたいそうに思っていなかった私とバイトの会話です。その後、藤田君はろくに学校も行けず一か月パントリーに立ち続けたと後になって知りました。彼は「店長と約束ですから」と言っていたと聞きました。

次に阿佐ちゃんに電話しました。あの鶴見橋商店街で一緒に頑張った阿佐ちゃんです。

「阿佐ちゃん入院や！　膠原病の疑いやて、でも私のキャラじゃたぶん違うよ！　入院給付金の手続き頼む」

「姉さん大丈夫ですか？」

「大丈夫や！　すぐ退院する」

そんな会話をしました。彼の母親も膠原病で長く苦しんだのを私は知っていました。

思い当たる部分の皮膚採取は一通り終わったようですが「膠原病の疑い」というだけで、まだ断定は出来ない状況だったようです。それでも容赦なく腫れ上がる足の血腫、発熱、先生方はお話し合いをしたのでしょう。ある日、愛先生が病室にみえます。

「前田さん、今の状況から見て、まだ結論は出ていませんが一日も早い回復のために、このまま結論が出るまで何も治療しないという訳にいきません。先生方と討議の結果、本日からステロイドを投与しますね」

「？？？」

「少しきついお薬ですが、私たちの指示通りに服用すれば大丈夫ですよ」

「？？？」

「一度飲み始めると自分の身体で作っている副腎皮質ホルモンが薬に頼る訳ですから、自分の身体で作らなくなります。だから少しずつ減らして自分の身体に教えなければなりません。解りますか？」

「……？」

「通常は何かのウイルスなどが身体に入るとそれを異物と判断して戦うのが免疫ですよね。識別能力が狂って自分の身体を異物と勘違いしたのが自己免疫疾患です。ステロイドはリンパ球の働きを抑えたり、リンパ球を作り出す抗体を減少させたりして、アレルギーを抑えます」

綺麗な愛先生が、淡々とまるで教科書でも読んでいるようにお話になるのを、ただぼんやりと聞いて「何でもいいや！　楽になるなら」と思いました。

その後の恐ろしい副作用のことなど、その時の私には知る由もありません。**八月一日、**その日の朝からステロイド朝昼20㎎、計40㎎の服用が始まりました。

熱は相変わらず下がりません。解熱剤を服用するとびっくりするぐらい汗をかきます。真夏で暑いせいもあります。二人部屋でクーラーのそばにいる同居人の彼女は糖尿病の老人で、やたら寒がります。二日に一度来る彼女の娘さんにクーラーのそばで寒いから何か上に着るものが欲しいと訴えていました。インスリン注射の仕方までカーテン越しに聞いていますから覚えてしまうほどでした。「堪忍してくれ！」「場所替わってよ！」「私は暑いんよ！」「年寄りばっかりでたまらん！」誰にもわからないように舌打ちしている私がいました。

看護師さんたちは患者の彼女たちをとても親しみを込めて「下の名前」で呼んでいました。たぶん彼女たちのお母さんより、もしかしたらおばあちゃんより歳を取った患者さんでしょう。「文子ちゃんおはようございます！」「どおお？」「さあ血糖値計ろうね」「低かったらいいねえ」「インスリンまた頑張って練習しようね！」「出来ないと退院できないよ」　舌打ちしている私が恥ずかしく思うほど優しく語り掛けます。

今思えば私が知らない人に優しい言葉を掛ける時、それはどこかに損か得かがあったように思います。無償でそれらをすることは私にはありませんでした。とても情けなく悲しいことだと思います。

高田病院の方針でしょうか？　すべてのドアが夜中でも開け放たれています。トイレ不自由な方への考慮でしょうか？　痴呆症の方も多かったので把握のためでしょうか？　次の日、「お父さん！　頑張って！　死なないでぇ！」「頑張って！」もう一人の声「お父さん！　もういいよ…ゆっくりして……」朝の四時頃でしょうか？　そんな絶叫が聞こえてきます。

その直後二人の泣き声が病棟に響き渡ります。非情な私が不思議です。私は見たこともない、知ることもない、今後会うこともないその彼に朝五時、手を合わせ祈りました。腫れた足で正座して祈りました。何故そうしたのか解りません。それはとても自然に当たり前に私は手を合わせていました。ご冥福を祈っていました。

それほど入院という出来事が自分以外の方々と同じ時間、同じ場所を共有しなければならないことを知りました。年齢もキャリアも何も関係ない世界を見ました。もしかしたら鶴見橋商店街で私が見た、あの人たちの生き方と重なる部分があったのかもしれません。

今まで必死で、精一杯見栄を張って生きて来た私は何だったのでしょう？　お金も地位も教養も経験も何も関係ない、ただそこにあるのは、何なのでしょうか？「思いやり」「いたわり」という言葉だけでした。私の虚勢の人生が少しずつですが、壊れて行く気がしたように思います。そこに横たわる方々それぞれ事情は違いますが、ここにいる「同士」でした。

だからと言ってその時の私はまだ、隣のお年寄りに優しい言葉を掛けることはありませんでした。出来ませんでした。朝、洗面所に行くのも嫌いでした。知らない人と話をするのが嫌でした。「おはようございます」そんな当たり前の会話をするのが嫌でした。自分の殻にただ閉じこもって、毎日を過ごしていたと思います。ただ、しんどくてしんどくて自分が一番しんどくて、周りの人を思いやる心はありませんでした。この頃の私には「ルームメイト」はまだいませんでした。「同居人」しかいませんでした。

母は毎日淡々と私のTシャツや下着を洗って持って来てくれていました。その時の母の不安など考える余裕さえまだ私にはありませんでしたが、確かに「お母さんが元気でいてくれてよかった」と思い始めたのを覚えています。まるで勝手な話です。元気な時には感じなかった小さな思いが私の中で本当に少しずつ少しずつ解り始めていました。

相変わらず熱は下がりません。ステロイドという薬は不眠を招くらしく朝、昼しか投与されませんでした。それに伴う胃薬も解熱剤も同様です。だから朝には当然薬が切れていて高熱にうなされました。看護師さんが氷枕や、冷たいタオルを心配して持って来て下さいました。

その頃はまだ、普通に歩けていたと思います。足の腫れは日に日にふくらみ、足の甲まで腫れ、足の指だけ腫れないものですから、まるで足の指が豆粒のように見えます。足の甲の血腫が腫れだした頃から、その腫れと痛さで、歩くのも難儀になって来たと思います。

愛先生は毎日包帯を替えに外来が終わった後病室に来て下さいました。大きなワゴンに薬や包帯、ガーぜやら、まるで新幹線のお弁当売りみたいな様相です。たぶんうちの息子より若い研修医がいつも一緒に来ます。彼は「こんなの見たことない……」という表情で私の足を見つめますが「きっと治ります。頑張りましょう！」と私を励ましてくれます。学校で習ったのでしょうか。「一緒に頑張ろう！」なんて言いたくなるほどけなげでした。時々愛先生の上司らしい女医さんが一緒にみえます。ガーゼを替える作業で私の足の状況を把握されるのでしょう。「痛い！　痛い！」「まだ触っていません！」「……」厳しい先生でした。

長い間誰にも甘えないで生きて来た、違う！　甘えるのを拒んで生きて来た私にとって、身体のすみに眠っていた甘えが少し目を出して赤ん坊になったような、照れくさい、でもいいや甘えていよう。だから「痛い！」と言えたのだと思います。私は「痛い」「しんどい」「眠い」という言葉をあまり使ったことがありません。

その後の高田病院での小さな出来事はあまり覚えていません。とにかく、検査の時以外は眠ってばかりいたように思います。解熱剤で熱を下げる毎日でした。

一度、最初にお世話になった近所のお医者さまがお見舞いに来て下さいました。寝ていた私がうっすら目を開けると、心配そうに覗き込む先生が「申し訳ないことをしました」ただそれだけおっしゃいました。たくさんの患者さんを抱える先生が私一人のことを心に留めて、私一人のためにわざわざ足を運んで下さったのです。申し訳なく、ただありがたかったのを忘れません。

ガーゼを替える時、先生方は必ずカーテンを閉めます。母は用事があるふりをしてどこかに消えます。息子に至っては慌てて帰ります。娘だけは違いました。先生がカーテンを閉めても、閉めても、開けるのです。目を背けることなく、真剣な顔で私の足をじっと見つめていました。やつは御巣鷹山のあの悲惨な事故の時、野次馬だった私のＤＮＡなのか？　私を心から心配してくれているのか？　たぶん前者でしょう。おばさんなのでしょう。でも私の現実にたった一人目を背けない存在がいることは、心強かったのを覚えています。

八月六日、「お見舞い禁止」のハードルを破り光司が来ます。私が入院する前に求人誌でスタッフ募集した面接の相談です。まさかこんなことになると思っていませんでしたから、光司が全部面接しました。たぶん彼は初めての経験だったと思います。たくさんの履歴書を持ってやって来ました。ちょうど晩御飯が配られた時間でしたが、もちろん何も手を付けずに彼の話を聞いていました。

彼はその時、ほとんどパニックだったと思います。申し訳ないと思いました。数々の履歴書を見せてどんな印象だったか説明しています。私は会っていませんから、まるでイメージが湧きません。

「光司がいいと思う子でいいよ」「履歴書の字を見てごらん、こんな風に雑に書いている子は良くないと思う」それぐらいしかアドバイスすることが出来ませんでした。

彼のお見舞いは煙草一カートン！

「店長、煙草やめてるんやで！　それもここは病院やで！　こんなもの持って来るあほおるか！」

「何持って来ていいかわからなかったんで……そのうち吸いたくなりますよ！」

あの頃の彼はまだ少し私に甘えていたと思います。それが嬉しい私がいました。

転院　治るために

八月七日、数々の検査の結果、まだ不明ではありますが、いよいよ「膠原病」の疑いが濃厚とのこと。その日、帝都大学付属病院より背の高い五十歳前後の男性医師が私の病室にいらっしゃいました。最近綺麗な女性の先生と白衣姿の先生しか見ていなかった私でしたから、背広姿の知的なその先生を見て、これから何が起こるのか、とても不安に思ったのを覚えています。

先生はそんな私の不安を察したのか、それとも、もともと優しい方なのか、とてもとても穏やかな優しい声で、私の横に腰を下ろすなり最初に「一緒に行こう！」私の腕をそっとさすりながらおっしゃいました。

「前田さんはもう聞いていると思いますが、やはり膠原病の疑いがあります。もっと詳しい検査が必要ですが、残念ながらこの高田病院には膠原病内科がありません」

「もちろん高田病院は優秀な病院ですよ、帝大病院と高田病院とは普段から姉妹病院としてお付き合いしています。前田さんの場合、もっと詳しく調べる必要があるんです」

「ね！　帝大病院に一緒に行きましょう」まるで催眠術にでもかかったように最初の不安もどこかに飛び、

私はただ「はい」とだけ答えました。

「いつからですか?」

「いつでもいいですよ。こちらの先生と相談して決めて下さい。いつでも待っていますよ」最後まで穏やかな声の先生はそう言って、ニコっと微笑み病室を出て行かれました。

その時、私が思ったことといえば、今から考えると笑えますが「この病院では治せないほど大変な病気なんだ」ということではなく、「あの先生について行こう。きっと治してくれる」「それにしても帝大病院ってどこにあるんだ?」「あっ、娘がひきつけを起こした時、救急車で運んだ病院か? 遠いなあ」「どうやって行くんだ? ここから救急車で行くのかな? さっきの先生が迎えに来てくれるのかな?」まったくくだらないことに考えを巡らせていました。

後から母に馬鹿にされましたが、娘を運んだ病院は帝大病院ではなく西都医科大学付属病院だったようです。

八月十二日、救急車のお迎えもなく、あの先生のお迎えもなく、母のお迎えで私は高田病院を退院しました。

「前田さん。いったん退院して帝大病院に再入院って形になるんですよ」

「でもここから行かないと私が誰だかわからなくなりませんか?」

「大丈夫ですよ！　ちゃんと連絡が入っていますから」

「……？」あの時の疑問を看護師さんにぶつけてみて笑われました。

最後の朝、診察があるのに愛先生は自ら包帯を替えたいと、いつものワゴンの出前ではなく私を診察室に呼ばれました。

「前田さん。頑張って下さいね」

「私もしばらく帝大病院にいたんですよ。家もあちらの方なんです。機会があったら会いに行きますね」

「北病棟かあ……綺麗な病室ですよ！」

「あちらに行けばきっとすぐ元気になりますよ。応援していますね」本当に優しい方ばかりです。後に彼女は約束通り帝大病院に来て下さいました。

私の意地悪な虫が恥ずかしそうにしょぼくれて行くのを肌で感じます。

「ありがたい」「ありがとう」「おかげさまです」そんな言葉がとても素直に心から湧き出て来ます。病気にならないと解らないのですから、まったく大馬鹿です。

いったん家に帰れるなら、週末でもあるし二泊くらい家にいたいと先生に聞いてみましたが、それはあっさり却下されました。それほど私の病気は悪いのか？　いや、そんなことない、帝大病院に行けばすぐわかる。そしてすぐ治る。愛先生もそう言ってた。不安をどこかに隠したかった私がいました。

その後いただいた診断書です。

「病名「膠原病」（血管炎）」
H20.7.17～　38℃台発熱、両下肢疹出現
H20.7.22　羽田医院受診、抗生剤等治療、一旦軽快するも7.27頃再燃
H20.7.30　当院受診、緊急入院
皮膚生検し血管炎膠原病疑いプレドニン開始（40㎎1日）
血液、臨床症状によりMCTDなどの鑑別、腎障害の程度精密検査必要と判断し帝大皮膚科にコンサルト。

——とありました。病名はその時すでに「疑い」ではなく「膠原病」と記されていたのです。

朝の退院ですから熱があります。朝食を済ませて解熱剤を飲んで、昼前にはやっと楽になるのです。もう入院してから半月、いいえ発熱してから一か月、この生活を続けている私にとって発熱はもう慣れていました。母には言いませんでしたが、その時も熱が三十八度ありました。

それでも久しぶりの外出でどうしても髪を洗いたかった私は、近所の美容院に行きました。よく考えてみたら入院したあの日から私はお風呂も入っていません。もちろんこんな足でお風呂に入れる訳がないのですが、髪の毛だけはどうしても洗いたいと思いました。自宅から一番近い美容院に一人で歩いて行きま

した。この頃の私は足の血腫が次々膿んでいて、それらが痛くてもう歩くのも難儀だったものですから、ついでに髪をブスッと切りました。少しだけ私の中でこれから続く長い入院生活を認めた、覚悟を決めた、そんなだいそれたものではありませんが、そんな瞬間だったのだと思います。

美容院から帰宅した頃は解熱剤も効いて、熱はすっかり下がっています。その時間には熱が下がるのを知っていました。慣れていました。

母はお寿司をとって待っていました。私に与えられた、たった一日を最高な日にしようと精一杯に知恵を絞り、母は待っていてくれました。たぶん以前の私なら、そんな母が疎ましかったと思います。その寿司屋の出前のバイトは、この猛暑の中迷子になって予定の時間より一時間過ぎても来なかったのですから。母のあわてようは微笑ましいものでした。外を走り回って迷子のバイトを探していました。「ありがとう」と心から、声にはまだ出す勇気はありませんが思える私がそこにいました。

夕方、あの日以来久しぶりに iichan.chi に行って少し話し、夜はあの日私が母にせがんだ鶏の水炊きでした。娘もいました。息子もいました。たぶんとても久しぶりだったからでしょう。そんなことぐらいで帰って来るやつらではないのですが。やっぱり我が家っていいな！　とこの時初めて思ったかもしれません。たった一日の外出許可はそうして終わりました。

大学病院　でっかい病院やなあ

次の日の朝、やはり私は高熱でした。薬はとうに切れていました。でもなぜか前の晩、母とモーニングをどこかで食べてから病院に行こうと言っていましたから、それが楽しみでした。

若い頃、母が「修学院」あたりに住んでいた頃、母の家に泊まった翌朝、母と子供たちと近くのコーヒーショップでよくモーニングを食べました。「モーニング」とは、私にとって懐かしい思い出のたくさん詰まった大切なものでした。

龍谷大学のそばのファミリーレストラン。母は「ここで食べよう！」と言います。でも私の「モーニング」はファミレスじゃないんです。母とよく行った、よく覚えていませんが、コーヒーショップでした。「こんなそばで行かなくていいやん！」「帝大病院の近くにまだあるって」「ない！」母は言いながら車を走らせました。本当にコーヒーショップはなかったのです。完敗です。あの時の話を未だに母はよくします。よほどビックリしたのでしょう。申し訳ないことをしました。

薬を飲んでいない私の熱はどんどん上がって来ました。私は慣れていますが母はそうは行きません。修学院あたりのコーヒーショップに辿り着き、やっとの思いで「モーニング」を頼みました。その店はお盆休みのせいか満席でした。これから海水浴に出掛けるような家族連れでいっぱいです。頼んだ「モーニング」は三十分経っても来ません。これから海水浴に出掛けるような家族連れでいっぱいです。

休みのせいか満席でした。これから海水浴に出掛けるような家族連れでいっぱいです。頼んだ「モーニング」は三十分経っても来ません。食後に解熱剤を飲むのです。病院なら決まった時間に朝食を摂りますから、もうとうに楽になっている時間です。私の熱はみるみる上がり、寒くて手も振るえ出しました。真夏です。これから海水浴に出掛ける子供たちはもう水着を着ています。母が車から仕事で着るジャンパーを持って来てくれました。母はその時パニックでした。母の言う通りあのファミリーレストランで食事すべきだったと苦笑です。

最高の熱で、最悪の体調で、予定の時間より少し遅刻して、私と母は帝大病院に辿り着いたのです。北京オリンピック真っ盛り、**八月十三日**（妹の誕生日）、私は帝大病院に入院しました。

「八十八号室」そこは大文字山が目の前にそびえる窓際の、高田病院と変わらないカーテン越しですが、そのカーテンの私の領域はたぶん高田病院の倍ほどで「これから私はここで暮らすんだ」と心から思える空間だったように思います。

ここでこれから何が起こるのか、こんな遠くで何と戦うのか、ベッドに横たわった私はとても不安でたまらなかったと思います。

その時、私の熱は三十九度まで上がっていました。入院前のディスカッション、心のケアーでしょうか？さらに採血、血圧測定、彼らはあらゆるスケジュールで待っていました。

とりあえずすべてお断りしました。「寝かせてください」「一時間で起きます」彼らは納得して下さいました。自分の許容範囲を超えた不安を少しだけ落ち着かせるためには寝ることが一番と思ったのかもしれません。母も黙って部屋から出て行きました。目が覚めた時、母はやはり傍にいました。

その日いただいた「入院診療計画書」の病名には血管炎症候群、アナフィラクトイド紫斑とありました。その部屋は東向き。あまり寝られない私は、翌朝素晴らしい日の出の写真を携帯で撮っていました。若い頃、夜が明けるまで飲んで遊んでいた私でしたが「日の出」なんて、ゆっくり眺めたことなどありません。早朝の星空の中、奈良や三重まで出勤していましたが「日の出」を眺めたことはありません。そんなことどうでもよかったのだと思います。電車の中ではたぶん本を読んでいたと思います。そんな私が心から「日の出」を美しいと思って眺めていました。いつまでも、いつまでも眺めていました。毎日眺めていました。

翌日、**八月十四日**、血液検査、腎臓エコー、レントゲン検査を終えてから、点滴が始まっていました。一日三回、朝六時、昼二時、晩十時です。看護師さんは忘れることなく朝六時も来て下さいます。私は日の出を見ながらいつも無意識に溜息をついていたのだと思います。朝六時に点滴を替えに来る彼女。ある日、その看護師さんに言われました。

「前田さん。溜息はだめよ。溜息の数だけ辛くなるわよ」母に対しても私は何度彼女にわかるように溜息をついたでしょうか？　あの看護師さんのその一言を私は忘れません。

一度の点滴は約一時間程度でしょうか？　相変わらず私は何をしているのか理解していませんでしたが、たぶん抗生物質だと説明を受けたように思います。熱はミルミル下がりました。朝、熱が出ない経験を久しぶりにした私は肉体的にも精神的にも元気になっていました。この後のことなど何も知らないで、私は元気になって行くのです。ひとつずつひとつずつ、私は勝手に前向きに歩いていました。

皮膚科担当医、張先生。愛先生とはまた一味違う綺麗な先生でした。私がコンサル時代に欲しかったブルガリの控えめな時計が、またおばさん根性を掻き立てていました。私はその後、彼女にデジカメで追っかけ回されることになります。でも一度も腹が立ったことはありません。私も彼女も一生懸命の始まりでした。

足は以前の形相とは異なり腫れが引いてきてカサカサの状態です。包帯の部分は締まって他はそのままなのですからまるで「レンコン」のようでした。

「前田さんの足って細かったんですねえ」

「あったりまえやん！　それだけが自慢や！」研修医の方でしょうか？　看護師さんでしょうか？　そんな会話をしました。

足は朽ち果てていました。枯れたという表現が合っていると思います。腫れが引いた分皮膚がついて行けずヘトヘトになっているという状態でした。そんな私の足を毎日デジカメで写真を撮っていたのが張先生です。よく見る写真、被写体の目を黒く塗り潰して症状を紹介する。薬の投与によって治癒して行く様子の研究材料でしょうか？　黒いシートを敷いてあらゆる角度から毎日撮りました。

腫れは引いていましたが、血腫が破けた後がそこかしこ膿んでいましたから、包帯交換は未だに日課でした。

高田病院は新幹線のお弁当売りのように包帯を替えに来て下さいましたが、帝大病院は「処置室」という所に毎日包帯を替えに行かなければいけません。包帯を替える作業よりデジカメ作業の方が長かったように思います。それはそれでいい！　私の「これ」が今後何かの役に立てば、そんなことを思いました。その頃、元気だった私は「たまには、顔も撮ってよ！」なんて言ったのを覚えています。

笑えますが、そのデジカメ映像をプリントアウトしてもらえ！　と娘は言い続けていました。これも私のＤＮＡでしょう。あの御巣鷹山の私が今のこの子でしょう。でも、初めから一生懸命私の病と向き合ってくれる彼女も私は見ていました。デジカメで撮り続ける彼女。私の足から決して目を背けることなくプリントアウトをせがむ彼女。どちらも私にとって励ましでした。病気をして、慰められるより、現実を真剣に見てくれる人の方が、その時の私にはありがたかったように思います。もちろん個人差はあると思いますが、その時の私はそうでした。

八月十六日、「大文字」

私のいた病室は、それはそれはもう、この時にここにいていいの？　と思えるほど特等席でした。

私のベッドは窓際で、窓のむこうに大文字山がそびえ立っているのです。若い頃友人と私はよく大文字を見に行きました。子供たちとも行きました。それは「大文字が見たい！」というのとは少し違って、ただその行事を楽しんでいたのだと思います。「祇園祭」「葵祭」「大文字」その意味も理解せずただその祭が嬉しくて、出歩けることが楽しくて、屋台が出るのに心弾ませて、そのように祭を受け止めて来たように思います。

でも、こうして商売を始めて何も考えずに走り始めて、人の迷惑などわからなくなった頃から、私には「祇園祭」も「大文字」もありませんでした。そんなものどうでもよかったのです。どうでもよかったはずの忘れかけていた「やつ」が目の前にそびえているのです。それも一年でこの日しか輝かない「やつ」が、たまたま私の前にそびえ立っています。むちゃくちゃかっこよく私の前にそびえていました。

私が何年も目を背けてきた当たり前の行事がここにありました。当たり前の恒例の行事をこんなにゆっくり眺めたのは何年ぶりでしょうか？　すごく綺麗に大文字は輝きました。気付いたら隣の車椅子のお婆ちゃんを連れて「大文字見よう！」と私は走り回っていました。

一人じゃない、皆と見たかったのだと思います。廊下に出たら「舟形」も「妙法」も見えます。それは私がまだ結婚する前、母や妹と住んでいたマンションの目の前から見えていた光景でした。その頃は京都の北区に住んでいましたから当たり前に見えていた光景です。子供が小学生になった頃から伏見に移り住んだ私にとって諦めていた、忘れていた光景でした。「おばあちゃん！　見える？　綺麗やな」と声を掛けながら娘や息子、妹そして母に見せたい。と思ったのだと思います。必死で撮ったその「大文字」の写真メールをその人たちに送りました。

「見て！　大文字がこんなに綺麗」何かの間違えでそのメールが母だけには届かなかったようです。一番送りたい人でした。


一日三回の点滴は苦痛でしたが以前の熱の下がらない状況に比べれば、それは比べるに値しないくらい身体は楽で、たぶんこの頃の私は一番元気だったように思います。その頃尿検査などで、どうも腎臓の数値が異変をきたしていたらしく、私の食事は「塩分控えめ」の悲しいものでした。ステロイドの影響でしょうか？　元気になったからでしょうか？　私はその頃食欲旺盛でまるでご飯が足りません。張先生に訴えると、その日からご飯だけが大盛りになりました。

「おかずがない、ふりかけ振るか」

張先生「塩分は控えて下さいね、ふりかけは塩分が多いから」デジカメを背中に隠して微笑まれます。

その日から妹がおかずを作って運んでくれる日々が始まります。先生に聞きました。

「妹がおかずを差し入れしてくれているんですけど、食べていいですか？」

「いいですよ！」「食欲があるならたくさん食べてね。その程度なら問題ありません」

パートに出ている妹は、それが休みの日、タッパーにいろいろなものを詰めて持って来てくれました。ある日は肉団子、ミンチカツ、チーズの入ったトンカツ、鶏の唐揚。それは母の味でした。若くして家を離れた私と違い、妹は結婚するまで母と二人暮らしでしたから、母の味を十分受け継いでいたのでしょう。子供の頃食べたうっすら残る遠足のお弁当の味でした。もったいなくて少し残して次の日の昼も食べました。


こんなにゆっくり妹と話したのも何年ぶりでしょう？　馬鹿野郎の私はまた病気なってわかりました。病気にならなければわかりませんでした。「ありがとう」「おかげさま」心の底から思う素直な思いでした。

典型的関西のオバちゃん。いつもバッグの中に「飴ちゃん」が入っているオバちゃん。そんな妹は母と変わらないくらい不安を抱えながら、母とは違い、いつもギャグを飛ばしながらお弁当を運び、検査の結果を報告しないと心配して朝早くにもう病院の前に立っている。威張っていたお姉ちゃんは、旦那と離婚する時もいろいろお世話になったくせに、そんなことすっかり忘れて忙しい忙しいとすっかり妹と疎遠になっていました。

「感謝するということ」一人の人間が五十歳近くまで生きて来て、好き勝手に生きて来て、そんな簡単に変われるものなのでしょうか？「そんな訳ない！」珍しく病気になって、気が弱くなって、そうなったのかもしれません。でも「ありがとう」とその時思ったのは間違いないのです。今まであまり感じたことのなかった感情でした。いつも自分が一番正しくて、一番偉いと思っていた私には、長い時間湧かなかった感情だったと思います。

その頃でしょうか？　娘が今の仕事を辞めて「iichan.chi をやる！」と言ってくれたと思います。私が今までこれだけ疎ましく思った「一人になりたい！」「みんな邪魔！」と勝手に思った「家族」に今包まれて生きていました。

百万円　ありがとう。お父ちゃま、お母ちゃま

娘がその頃の仕事と掛け持ちで店を見てくれだした時期、やはり私が離れて叱咤する者もなく、店は火の車に陥っていました。そんな時も娘は動じることなく冷静にいてくれたのが私の救いでした。彼女はいつも冷静に正確に店の状況を伝えてくれました。今思えば、たぶん彼女もその時パニックだったと思います。「お母さん、これじゃあ八月分のお給料払えないよ!」解っていました。「寝かせてくれ!」「三日でいい」の時期はもうとうに終わっていました。

母に言ったと思います。

「お父ちゃま、お金貸してくれないかなあ?」母の目は覚悟を決めた目でした。

「聞いてみる!」

母も薄々感じていたと思います。店が窮地なこと、でも聞くことも出来ない、何かすることも出来ない母は、私のお願いで出番を見つけたのでしょう。申し訳ない。普段偉そうな口をきき、邪険にし、こんな時だけ母を頼るのです。とんでもない娘です。それでも母はその時、その役目を私のために精一杯遂行してくれました。

その日の夕方、母から電話がありました。病室で電話に出られる訳ないのに、メールでいいのに電話です。たぶん私の喜ぶ声が聞きたかったのだと思います。それより任務をきっちり果たしたことをメールするのが疎ましいほど、早く伝えたかったのかもしれません。急いでエレベーター前の「携帯可」のコーナーまで行き、母に電話を掛けました。興奮した上ずった母の声でした。

「お父ちゃまOKしたよ！」

「弘子の店のためには出す気ないって、そんな店潰してしまえ！って」

「でも弘子の病気のためなら出すって」

「まっ、どっちでもいいよね」

「助かった！」「ありがとう！」

遠い場所で私の身体を心から心配してくれている父を見ました。すぐ傍にいながら何も出来ないでうろたえる母を見ました。これまでの私の生き方、どんなに迷惑を掛けても、どんなに心配を掛けても、いつもいつまでも私の一番の応援団でいてくれる二人を見ました。

エレベーターホールの誰もいないその場所で、私は声を出して泣いていました。

翌日、母が百万円のお札の束を満面の笑みを浮かべて病室に持って来た時は、腰が抜けそうにびっくりしました。今時、通帳から通帳へ移動するだけで現金を持ち歩くことなんてまずないご時勢です。バッグの中からガバッとそれを出してニッコっと笑ったのです。

「アイちゃん！　そんなの持って来ないでいいよ！　銀行入れといてよ！　危ないって！」

「だって弘子に見せたかったんだもん！」

「見せてくれないでもいいよ！　通帳見たらわかるやん！」

「大丈夫！　ちゃんと私の部屋に隠し場所あるから」

ああ……この母、いつも何に対しても全力投球で一生懸命で、それはそれでいいのですが、よく言えば無垢で、悪く言えば世間知らずで、笑えます。「ありがとう！」心の中で言いました。顔は怒ったままでした。

翌日、娘に命令してすぐ回収させたのは言うまでもありません。

「アイちゃん、自分の部屋のどこかに百万隠してるから、今日中に銀行に入れといて」

「了解！」

「お母さん、無事、銀行に百万入金しました。アイちゃんの隠し場所は全然隠し場所になっていませんでした。すぐ見つかりました」

昼過ぎ、そんなメールが娘から来ました。携帯の液晶を眺めながら私は一人で大笑いしていました。

身体が楽になってくると頭がいろいろなことを考え始めます。しんどくて、とても余裕のなかった思考が動き出します。これからのこと、店のこと、娘のこと、息子のこと、光司のこと。

八月二十六日、やっと息子が病室にやって来ました。小心者の息子はこの現実を未だに受け入れようとしないでいました。たぶん理解していたと思います。でも受け入れたくなかったのだと思います。いいえ、十分受け入れていたのかもしれません。ただ一生懸命普通を装っていたのかもしれません。

「おばあちゃんを頼むよ！」

「元気なふりしてるけど、たぶんもうクタクタだと思う」「優しくしてあげてよ」

「それと、お母さんがこんなんだからお金のことも不安やと思う」

「あんたの出来る範囲でいいからもう少し助けてやって」

久しぶりに息子とゆっくり話しました。息子はとても穏やかにうなずいていました。

この日、夜十時の点滴を最後に、十二日間私の腕に刺したままだった点滴の針は抜かれました。

「お疲れさまでした」看護師さんは優しく微笑みました。

「点滴終了！　針抜いてもらった！」

母と妹にメールしました。

「やった！　ばんざい！」妹からの返信、

「よかったね！」母からの返信がすぐに帰って来ました。


いよいよ娘が今の仕事を辞めて、九月からiichan.chi一本でいってくれると言います。光司とうまくやっていけるのか？　光司はどう思っているのか？　これから店はどうなって行くのか？　瑛梨頼む！　いつまで続くのか出口が見えないこの生活の中で、ひとつずつひとつずつ自分の中で解決していくしかありません。

八月二十八日、給料日。スタッフ全員に給料明細といっしょにメッセージを入れました。「店長不在で本当に迷惑を掛けますが、どうぞ店のことよろしくお願いいたします」

眠れないその夜、私は光司にも手紙を書きました。「瑛梨をお願いします」と。

八月二十九日、光司から電話が来ます。「店長、今いいですか？」「店長の手紙読みました。店長勘違いしてますよ」「僕そんなこと少しも思っていません。瑛梨さんを立てて行きます」

娘が最初に終日出勤した日、**九月一日、**また光司から電話が来ます。私はまたエレベーターホールまで走りました。

「店長、瑛梨さんがカウンターの上の黒板を落としました」

「それがお客さまに当たりました」

「お客さま、怪我してない？」

「大丈夫です」

前途多難です。その頃、そこから動くことの出来ない私は、数々の不安をベッドの上で、そうしてひとつずつ解決していったように思います。

九月五日、ステロイド朝20mg、昼15mg、計35mgになりました。

この頃から、やたら腎臓のエコーを撮られていましたが、その意味が私にはよく理解出来ませんでした。身体はその頃とても元気だったので、自分の身体について難しいことはあまり考えていませんでした。むしろ、もうすっかり治った気で今後の店のことばかりに思いを馳せていたように思います。

元気になると暇になります。いろいろな方がお見舞いに来て下さいました。しんどい時は「来るな！」って言ってたくせに、暇になると皆に来て欲しいと思います。勝手なものです。皆さんありがとうございます。本当にありがとうございます。人の話などほとんど聞かずに突っ走って来た私を遠い所見舞って下さって。「おかげさま」今素直に出る私です。

引越し　朝日がいいわ、西日はたまらん

その頃足は相変わらず朽ち果てていましたが、確かに日々腫れはしぼんでいました。傷口がそこらかしこに開いていて毎日包帯の替えは欠かせないものでした。

相変わらずデジカメで追いかけ回されていましたが、私の身体はそれより深刻な出来事が起きていたようです。張先生がある日おっしゃいました。

「足は私毎日見に行くから、もしかしたら腎臓病科に病室変わるかも」

「えっ！　変わらないでもここまで診察に来てくれたらいいじゃない！」

かれこれ半月暮らした東向きの大文字が目の前にそびえる私の領域を私は結構気に入っていました。

「そうはいかないのよ」「専門的な検査になるから」

「大丈夫よ大したしたことない」「ちょっと腎臓の細胞見たいみたい」

「……？」彼女の後手には今日もデジカメがありました。

今まで何回も説明を受けましたが相変わらず「チンプンカンプン」だった私でした。説明を理解しよう！という気持ちもまるでありませんでした。でも、この文章を書くと決めて私の検査結果を改めて見まし

た。もう「チンプンカンプン」では済まされない。ここまで書くなら現実を私なりにしっかり受け止めよう！　ちゃんと確認しよう！　と思ったのです。

その当時の検査結果のプリントを見ています。「補体」、聞いたこともない単語です。インターネットで調べてみました。補体とは「免疫反応を媒介する血中タンパク質の一群で動物血液中に含まれる。抗体が体内に侵入して来た細菌などの微生物に結合すると補体は抗体により活性化され、そして細菌の細胞膜を壊すなど生体防御に働く」「……？」要するに「補体」は必要なんだ！

八月十三日、私が入院した日。検査結果は、補体四十～四十九歳平均数値。

補体 C3　70.5～125.6mg／dl に対し 25.7

補体 C4　10.6～33.0mg／dl に対し 5.4

補体価　CH50　28～51U／ml に対し 12.2

八月二十日の検査結果は、

補体 C3　70.5～125.6mg／dl に対し 34.6

補体C4　10.6～33.0mg／dl に対し 4.9
補体価　CH50　28～51U／ml に対し 14.4でした。

アナフィラクトイド紫斑ではない。「SLE」ループス腎炎の疑いという診断でした。

九月三日、初めて娘の彼氏がお見舞いに来てくれます。初対面でその緊張は私の肌に伝わりました。でも、その頃私の心は元気でした。「今、こんなんだけど必ずお互い成功しような！」言葉には出していませんが心でそう言いました。

九月四日、私は腎臓病科に引っ越しです。お借りした台車に荷物を積んでエレベーターで運びます。看護師さんは「いいよ、私が運ぶから」とおっしゃいました。でもこれくらい平気です。あの鶴見橋商店街のバイトの引越しのようでした。

母は仕事で来られませんでした。たぶん心は仕事していなかったと思います。

そこは同じ北病棟の五階、西向きの二人部屋。高田病院と同じ「五六五号室」でした。五階でも景色は今までとはまるで違っていました。隣の研究用の棟でしょうか？　夜中になっても電気の消えない、蔦のからまった薄気味悪い校舎が見えるだけの寂しい部屋でした。でも、これからここが私の居場所なんだ！

私は結構あっさり今の現実を認め、前の大文字が目の前にそびえ立つあの部屋と同じように、これからのわが家をレイアウトしていました。私はその頃まだとても元気だったのだと思います。

腎臓病科は今までの皮膚科と違い、お年寄りが多かったように思います。高田病院でインスリンの打ち方までマスターしていた私は何か出番があるかな？　なんて、無責任な思いでいました。

隣のただ一人の住人は、やはり糖尿病の方でした。毎日八十歳過ぎの御主人がお見舞いに来ます。ご主人が帰る時は駐車場まで送って行き、帰って行くご主人に、いつまでも彼女は手を振っていました。はっきり聞いていませんが、たぶんどこかの学校の先生だったようです。いつも夫を立てながら凛とした女性でした。でも寝る前、私と彼女の間のカーテンに毎日新聞紙を貼るのです。ガサガサガサガサ、たぶん光を遮りたかったのだと思います。人に迷惑を掛けていることがショックでした。

ある日、私は彼女に言いました。

「今日『初めてのおつかい』ってテレビがあって、どうしても観たいの、テレビは窓の方向けるから観ていい？」十時消灯でしたから、そのテレビは十一時までやっていました。

「どうぞ観て下さい」

「私は毎日新聞紙貼ってるから、明るくても大丈夫よ！　私はＮＨＫしか観たことないの。その番組、面白い？」

「……」こっそりやっていたと思っていたのに彼女は強い！　もうだいぶ慣れた私の病院生活。いろいろな人生がありました。

腎臓科の看護師さんたちは包帯の替えは下手でした。皮膚科には処置室がありましたが、腎臓科はありません。皮膚科の先生から伝言は受けていたようで、必要な薬や包帯は用意してくれましたが、病室で毎日替えなければなりません。毎日デジカメ片手に包帯を替えてくれる先生の段取りを見ていた私は、すっかり要領を把握していました。

「自分で出来ます」

「お願いできますか？　いるものは言ってね」その日から自分でする包帯交換が始まりました。

時々、腎臓科の看護師さんに「見せて！」って言われて「ほら！」なんて傷口を見せていました。その頃の私の足はすっかり腫れが引いていましたが、赤紫の傷口がそこかしこに開いて、それを小さくする薬を毎日塗ってガーゼで抑えなければいけません。膿んでいる傷口もありました。そこは毎晩痛み、時々来る張先生に「痛い！　ここから何か産まれそうに痛いよ！」と訴えていましたから、後に先生に「何も産まれなかったね！」とからかわれました。

少しずつ傷口が塞がっても、そこは赤黒いあざのように不細工にあちらこちら痕があります。

「先生、この傷跡いつ頃消えますか？」

「そうねえ、娘さんくらいの歳ならすぐ消えるんだけど」

「悪かったわね！　年寄で！」

その日もデジカメを片手に持った先生とそんな会話をして笑っていました。傷跡はとても不細工でしたが、痛くないこと、腫れていないこと、しんどくないことの方が嬉しくて、その頃の私はとてもよく笑っていたように思います。

腎臓科担当、小安先生。今まで女医さんばかりでしたから少し戸惑いましたが、私の息子でも通用するくらいの若い男前の、そして今までの先生方と変わらず一生懸命な方でした。ある日、先生が病室に現われ

「前田さん、ステロイドの副作用で筋力が弱ることがあります」「少しテストしましょう」「私の腕をつかんで力いっぱい引いてみて下さい」

「もっと力入れて!」

「左が少し弱いかな?」

横にいた母、「この子昔からあまり筋力ないんです。逆上がりも出来ないし、重い物も持てないし、何でも持って!　って私に言うんです」

何もかも、まだ認めようとしない母がそこにいました。その頃の私は、もうそんな母を見ても疎ましいとは思いませんでした。むしろ可哀想に思ったかもしれません。そんな母の訴えを小安先生は軽くうなずいただけでほとんど無視して「じゃあ次はグーパーを何回かやって下さい」私が言われた通りにグーパー

グーパーとやっていると、先生の後で真剣な表情でグーパーをしている母がいました。「次にまっすぐ歩けるか？　この線の上をちょっと歩いてもらえますか」と小安先生。それはベッドと壁の隙間わずかな距離です。私が歩くとその後ろを同じように歩く母がいました。

真剣な表情でまっすぐ歩きながら、母はそのまま病室を出て行きました。もう可哀想になるほど真剣な表情で部屋から出て行きました。先生のおっしゃる言葉を一語一句聞き逃すか！　でも弘子はまだ大丈夫！　必ず私が元気にする！　病室を無意識に出て行く母の背中にそんな思いがまるでそこに書いてあるように私に伝わって来ました。

その時、私は小安先生のおっしゃることをまるで理解していなかったと思います。「こんなに元気なのに」「何言っているんだろう?」その程度に受け止めていました。その後、私はまさしく、あの時先生が危惧した状況になって行きます。

腎生検　これでわかるんや、全部

九月五日、腎臓病科にお引越しした次の日、担当の先生に説明を受けました。

「腎生検」初めて聴く言葉です。腎臓の細胞を摘出して検査するとのことです。今までのあらゆる検査の結果、そこに辿り着いたようです。それは「治療」ではなく「結論」を導き出すための手段だったように思います。

張先生や膠原病担当の先生に「たいした検査じゃないよ！」と言われていましたから、その時は普通に受け入れました。説明を受けて外に出た時、いつものように妹は外に立っていました。電話でもメールでも済むのに「どうやった？」関西のおばちゃんいっぱいで聞いて来ます。私にはこのフットワークはない。嬉しかった！　やはり母そっくりです。

まだそんなに重大に考えていなかった私は、その検査予定日の次の次の日、「二日あれば十分」という思いで銀行の方と会うための外出許可を申し出ました。

「上の者と相談します」

次の日、先生が病室にみえました。

「前田さん。気になること、全部先に済ませましょう」

「気にしながら検査受けるの嫌でしょ？」

「検査は来週に延ばしましょう」

その時初めて大変な検査なんだ！　と私は認識したように思います。まだ、あのクーラーのためのお金がおりていなかったからです。

寝たままでおしっこをする練習が始まります。「出来ないと外出させてやらない！」「膀胱に管刺すよ！」。看護師さんに脅かされます。「そんなん簡単やん！」と思っていましたが、実際やってみたら出来ませんでした。外出前一度だけトライして失敗して、帰ったら必ずもう一度練習するからと約束しました。次に外来病棟へ行って大きく息を吸って止める練習です。何度も何度も繰り返します。やはり大変な検査なようです。そうして、私は一日だけ外出許可を頂きました。

外泊許可の前の日**九月八日**、息子と娘が病室にやって来ました。息子のお見舞いは（娘は普通に気楽にやって来ますが、息子は手ぶらでは来ません。来られません）もうすでに私が買って持っている、おもいきりかぶったファッション雑誌と「骨盤矯正体操」の雑誌でした。「もう！　大ちゃん！　なんでそんな空気読めないの！　お母さん、検査の後、腰ひねられる訳ないやん！　あほちゃう！」

「そんなん知らんかった……ごめん……お母さん暇そうやし体操でもしたらいいと思って……」すっかり落ち込んだ息子は私にテレビカードを買ってくれました。

ありがとう！　瑛梨。ありがとう！　大祐。お母さんは嬉しかったよ！　あの時の息子の顔、忘れることはないでしょう。反抗期だからと勝手に避けて来たのは私でした。彼は彼なりに不器用だけど必死で私を見ていてくれていました。

九月九日、外出許可。

息子の誕生日プレゼントを買って、銀行と会って融資の件、決済を終えて、すべての段取りを済ませ九月十日（息子の誕生日）、母と思い切りファミリーレストランで昼食を済ませ、ものすごく元気な私はたった一日の外出許可を済ませました。

窓際のベッドに戻る時、いつもカーテン越しでしたから、毎日お見舞いにみえるお隣のご主人とは初対面でした。笑えます。ご主人は母が患者さんで私が付き添いだと思ったようです。歳恰好から見たら当たり前です。それほど私は元気でした。

「一週間」それは延びてありがたかったけど、同時に不安の膨れる一週間だったように思います。

九月十一日、腎生検当日、母はやはり来ません。いつも私の傍でひと時も離れない母ですが、ここ一発はいません。ここ一発でなくても彼女の中で許容範囲を超えると姿を消します。可笑しいけどそうなんです。それでいいんです。関西のおばちゃん妹も、たぶん同じ気持ちだったと思います。でも、彼女は一生懸命、その日その時私の傍にいてくれました。

やはりその検査は私が想像するより何倍も大変なものでした。本人はいたって冷静でしたが、その部屋にはたぶん十人くらいの人がいたでしょうか、それは研修医であったり教授であったり、私には解りません。診たい人が集まったという光景でした。そのような時、わりと本人は冷静でいられます。周りは、妹は、そうは行かなかったと思います。実際次の週まったく違う方が同じ状況になっているのを私は正視出来なかったのですから。


「前田さん息止めて！　はいゆっくり吐いて」

「前田さん大きく息吸って！　はい止めて！」

検査前、それは何回も練習させられていました。息を止めている時に腎臓の細胞を採取するようです。

検査の結果、私の腎臓は背中から三センチくらいの場所で比較的楽だということでしたが、それでも身体の中で最も四六時中動いている箇所で、そこに穴をあける訳ですから大変な作業なのは素人の私にも理解出来ます。まず肩に筋肉注射（これは痛かった）、そして採取箇所に麻酔。いよいよ採取。

「前田さん始めます。落ち着いて言う通りにして下さいね」「はい、息止めて！」最初のそれは失敗でした。私もさすがに緊張していました。「もう一度！　頑張って！」次は成功！　針が背中のどこかを貫くのがはっきり解りました。「なんじゃ？　こりゃ」って感覚です。その後数分間、ものすごい力で医師が背中を押さえます。たぶん出血を防いでいるのだと思います。うつ伏せの状態ですから皆の顔は見えませんが、ひそひそ声は聞き取れます。

「先生採取出来ましたか?」

「もう一度お願いします」

「……?」「しっかりしてよ!」私は思いました。またひそひそ話。

二度目の採取、これも上手くいきました。

「すみません。もう一度お願いします」なんと三度目。

「ええ!」私は十人ほどの緊張する医師に囲まれ、今度は声に出してぼやいていました。

三度目の採取。

「採取出来ました!」

「前田さんご苦労さまです。終わりましたよ」一番年配の教授のようなその方の声だけが聞こえて来ました。

そこからちょっとした地獄の時間が始まります。とにかく一番活動している臓器ですから、そこに穴があいている訳ですから。出血を防ぐためまるで動いてはいけないのです。棒のように寝ていなければいけないのです。だから寝たままおしっこをする練習も必要だったのです。十人の医師たちによって、うつ伏せの私はぐるっと仰向けにされました。「決して力を入れたらだめですよ。私たちがひっくり返しますから」十人もいればそれはいとも簡単な作業でした。

誰もいなくなった検査室、そこは看護師詰め所の真横の部屋、たぶんこういった患者や重病患者の処置がすぐ行えるように、いつでも目が届くために一時的に使う部屋のようでした。仰向けにされて身動き出来ない私には天井の蛍光灯がやけに眩しくて「消して下さい」とお願いしました。

「なんや、この部屋真っ暗やん。陰気くさいなあ」

間もなくしてたぶん不安をいっぱい抱えて待っていた妹が、ありったけの元気でその部屋に入って来ました。関西のおばちゃんが「つっこんで」来たのです。お姉ちゃんは「ボケ」なければなりません。

「うっさいなあ！　眩しいねん。あっ昼ごはんまだか聞いて来て」

「えっもう食べるんかいな？　大丈夫なん？」

「どうもあるか！　お腹すいたわ！」

「寝たきりやし、あんた食べさせてや！」

「食べさせて下さい、やろ！　ちょっと看護師さんに聞いて来るわ」

「二時間はあかんって、一時半になったらいいらしいわ」

「ええ……そんなん冷めるやん！」

「おにぎりにしてチンしてくれるって。我慢し！」

気付いたら横で看護師さんが笑っていました。この妹のおかげで私はいつも元気になります。そして妹が感じていた計り知れない不安を必死で楽にしようと頑張るお姉ちゃんの私もそこにいました。

一時半。スプーンを持って必死で食べさせようとする妹に、

「あんた。あほか、スプーンやったら顔の上に落ちるやんか、お箸やで」

「あっそうか。ちょっと待って取って来る」

「このおにぎり熱い！　チンし過ぎちゃう？」

「病室に海苔あったなあ。待っとき持って来る」

妹は高田病院のころから、いつも私の病室に味付け海苔を置いてくれています。百八十度に寝た人間にご飯を食べさせるなど初めての経験でしょう。可哀想に、もう「ボケ」も「つっこみ」もしない一生懸命の妹がいました。

それから一時間、妹は必死で私に昼食を食べさせてくれました。完食です。ありがとう！　ペコ。子供の頃、まん丸な顔の妹は不二家のペコちゃんにそっくりで、あだ名は小さい頃から「ペコ」でした。私たちは「いいちゃん」と「ペコ」でした。

午後三時、病室に戻ります。もちろんベッドのままです。棒のままです。窓際だった私をベッドに戻すには手前のベッドの住人、あの凛とした同居人に、しばしベッドごとどいてもらわなければいけません。彼女はその時血糖値が思いのほか上がっていたようです。後から妹に聞きましたが、めまいがひどかったそうです。凛と見えた彼女もやはり弱い女性でした。私の検査を客観的に見て辛かったのだと思います。

次の週、私が他の人が検査に行くのを直視できなかったのですから、まして一言でも会話をした「同士」がそんな目に遭っていることに、たぶん耐えられなかったのだと思います。

「申し訳ありませんでした」「ありがとうございます」毎晩新聞紙を貼り続けていた彼女に私は言うことができました。

「ご迷惑をお掛けしました」今までなかなか出来なかった当たり前の会話をしました。

彼女は血糖値が上がって気分が悪くなったことも何も告げず、ただ「お帰り」とだけ言ってくれました。入院したあの日、あの時、高田病院で感じた思いが蘇った瞬間でした。「同士」です。「ありがとう」です。でもこの頃の私はまだ必要な会話以外はしなかったと思います。出来ませんでした。

何もかも終わってから母は来ます。たぶん心は一日中私の傍にいたのでしょう。妹に私が元気にしていると聞いて夕方姿を見せました。昼の妹と同じように一時間かけて、私に夕食を食べさせてくれました。私の想像では二十四時間寝たきりはたぶん腰が痛くなるだろうというものでしたが、違いました。踵が痛いのです。棒のように寝ていると踵がしびれて来るのです。初めての経験でした。

翌朝、二十四時間後、病室にエコー検査の器具が運び込まれました。エコー検査の結果出血なし！　異常なし。トイレまではＯＫが出ました。そこまでです。その他の時間はベッドを四十五度に起こし過ごしました。娘と娘の彼氏がまた来てくれました。

もちろん妹はこの日も夕方まで私の傍にいてくれました。

「昨日と同じパフェが食べたい！」

前日、まだ寝たきりの私なのに一時間かけてお昼ごはんを食べさせてもらった後お腹が空いて妹にデザートを注文していたのです。もちろんまた食べさせてもらいました。

「あんた、ほんまよう食べるなあ。そんな寝たきりで食べたら、ペコやったら六十キロになるわ！」

「ほっといて！」

「しゃーないな、待っててや、買って来るし」

その頃たぶん季節限定で売っていたマロンのパフェです。美味しかった。その後、外来の時、何度か地下のローソンに行きましたが、もうありませんでした。忘れられない妹と私のパフェでした。妹はトイレまでしか行けない私に代わってローソンまで何度も走ってくれました。

腎生検二日目はこうして静かに皆に助けられて終わりました。検査から二日後に外出許可を申し出た私です。やはりとんでもない申し出でした。一週間延ばすのは当然です。

日に日に元気になりましたが、背中の違和感は相変わらずありました。長い間、重たい荷物を持つことと身体をねじること、一週間ほど階段の登り降りは禁止でした。やはり「骨盤矯正体操」は無理なようです。

少しずつ歩けるようになった九月十四日、その日はお月見でした。

そんなこと私は知りません。同居人のあの彼女が私にそのことを教えてくれたのです。連休で外出許可をもらった方が多かったのでしょうか？　その日、私たちのいる西側と反対側の東側の四人部屋は空っぽでした。「お月見しましょう！」彼女は少し悪戯っぽく笑い、その空っぽの部屋に私を連れて行きました。

その部屋の窓から見るお月さま。それはそれは綺麗に明るくまん丸でした。いろいろな、今までの私には想像もしていなかった出来事が次々起こり、心の中も少しずつ変化して、意固地な虫が少しだけ治まって来た私です。「お月見」という言葉は知っていましたが、それがいつなのかも知らなかった私です。季節はいつの間にか秋になっていました。毎晩新聞紙をカーテンに貼り続けて、初めは嫌味なのかと思ったこともあった彼女と今並んで誰もいない忍び込んだその病室で、私たちはいつまでも満月を眺めていました。「誰もいなくてよかったわね」彼女は私にゆっくり微笑みました。

その後間もなく、彼女は八十歳のご主人が毎日自ら運転してお見舞いに来るのを気遣って、家の近くの小さな病院に転院されて行きました。

九月十六日、看護師さんから、「前田さん、プレドニンにはいろいろ副作用があってね、糖尿病や胃潰瘍になることがあるのよ」「?」「先生のご指示で今日から血糖値測りますね」とおっしゃいます。ステロイドって怖い薬なのでしょうか? 小安先生も「筋肉の力が落ちることがある」と先日おっしゃっていました。この頃初めて私は考えたと思います。

血糖値を測るのは大丈夫です。見慣れていました。

その次に隣のベッドに来られた方は大変でした。腎不全になり人工透析を勧められている方でした。彼女は断固拒否し続けていました。毎日毎日いろいろな先生が説得にみえました。彼女は泣いて断っていました。

毎夜私のカーテンの向こう側に立ってなぜ嫌なのか、彼女は私に語り続けました。長年お姑さんにつくし、ご主人につくし、皆さんが亡くなって、やっと自分の自由な時間が出来て、お友だちとたくさん旅行に行く約束をして、なのになぜ今透析なのか? これからの人生、透析だけで終わってしまう。「そんなの絶対嫌なんです」彼女は立ったままいつまでもいつまでも泣きながら語り続けました。

「立ちっぱなしでは辛いでしょ」と私は彼女に椅子を勧めました。私に出来ることはそれだけでした。ただ聞くことしか出来ませんでした。私にはまだ、励ます言葉も慰める言葉も見付かりませんでした。「同居人」に何もしてあげられない私でした。

それにしても今まで私の知らなかった、知ろうともしなかったいろいろな人生が病院にはありました。

隣の方とお月見をした時頂いた月見団子

退院　これからどうしよ？

九月十八日、母の誕生日。その頃には必ず弘子は退院していると母は以前から妹に言っていたようです。「そんなん無理やんなあ」妹はいつも笑っていました。ステロイドの量がもう少し減るまで退院出来ないことを、必ず検査結果を聞きに来る妹は把握していてくれました。私はこれまで、母の誕生日を二人でお祝いしたことなど一度もありません。その夜、母は高野のスーパーで少しリッチな晩御飯を買って病院に来ました。オードブル盛り合わせ、ローストビーフ。

「アイちゃんお誕生日おめでとう！」二人はわが家ではなく、病院のベッドの上でその日を過ごしました。悲しいけど二人でいられることをほんの少し喜んでいる母がいました。「ありがとう」「お誕生日おめでとう！」「ごめんね！」まだ言葉には出しません。心の中で思っただけです。何も出来ない何も言わない私がそこにいました。

翌日、**九月十九日**、検査結果が出ました。

小安先生に呼ばれ、小さな部屋に通されます。そこはパソコンが何台かあり、勉強する部屋でしょうか？

研究する部屋でしょうか？　本はたくさんありますが研究するほどではありません。休憩する部屋でしょうか？　それほど小さな部屋でした。そこには小安先生が敬語で話す、もう少し年上の先生がいらっしゃいました。

「パソコンの画面を立ち上げて」年上の先生。

「はい」小安先生。

「少し時間がかかります。その間説明しましょう」と年上の先生。

「前田さんの場合、尿検査、血液検査の結果、数値から見てループス腎炎とみてほぼ間違いないということでした」

「蛋白尿、血尿もみられましたし、抗核抗体の数値も問題がありました。そこで今回それを特定するために腎生検を行った訳です」

「腎臓の細胞を採取して調べる訳ですが、陽性だとその部分が青く光ります」

「小安先生、準備できました？」

「はい。大丈夫です」

「パソコン持って来て」

「……」

そのパソコンの液晶画面、それがたぶん私の腎臓の細胞なのでしょうか？　それは、まるで蛍のように、青く不気味に輝いていました。それが忌まわしい病原体でないとすれば、綺麗に見えたほど鮮やかに光っていました。あの映像は忘れることが出来ません。今も目を閉じるとはっきりと蘇ります。

「前田さんの病名はループス腎炎、全身性エリテマトーデスと診断させて頂きます」

「蛋白尿、血尿の数値も入院した時に比べてだいぶよくなっていますよ」

「補体の数値も上がって来ています」「この病気は気長につきあって行かなければなりません」「まだまだ、不安な点は残りますが、ステロイド30㎎に減らして問題ないようなら、今後通院で治療して行きましょう」

「まったく、早期発見なら癌のほうがましですよ。取れば治るんですからね、この病気はそうは行かない。時間はかかりますが、あせらないで治していきましょう」

この最後の一言、彼には何気なかったのでしょうが、私には一番ショックでした。

小さな椅子で向かい合って座った先生は、私の膝にそっと手を置いて微笑まれました。

「解りました。ありがとうございました」

私は頭を下げてその部屋を後にしました。うっすらと解っていたことですが、その病気の意味も解りませんが衝撃は相当なものでした。

その結果を聞いて表に出た時、もちろん妹は病院の入り口にあるドトールコーヒーに並んでいました。結果を母と妹に報告しました。母はたぶん私の話を半分しか聞いていなかったと思います。「退院」というその二文字に彼女は舞い上がっていました。待って待ってやっと聞けた二文字だったはずです。その後の一週間、もう特別な検査は何もありません。血液検査と尿検査で数値を見守るくらいです。

母はその日が待ちきれない様子で「弘子が帰って来るまでにシーツ洗わないとね」「昨日綺麗に掃除したよ！」「今日はお風呂とトイレ綺麗にした！」まるで子供のように毎日はしゃいでいました。

私は、とても不安でした。養殖の魚が荒海に放り出される心境とでもいうのでしょうか。「気長に付き合う病気」と、あの日先生はおっしゃいました。それならば「完治」というのはいつなのでしょうか？「完治」という日はないのでしょうか？「完治」しないでの退院ということはどういうことなのでしょうか？

普通はすっかり治って皆さんに「おめでとう！」と言われて退院するのではないのでしょうか？社会復帰はいつなのでしょうか？出来るのでしょうか？免疫がないから人混みは控えるように、怪我をしないようにと先生はおっしゃいました。そんなことでまともな社会人として生きていけるのでしょうか？

数々の不安が頭を過ぎりました。

九月二十二日、その夜、私はそのすべての思いを手紙に書いて小安先生に託しました。次の日の夜、九時だったでしょうか？もしかしたら十時だったかもしれません。腎臓内科の先生が病室のカーテンをそっと開けられました。

「遅くにすみません」

「やっと終わりました。少しお話していいですか？」

先生はゆっくりゆっくり一時間ほどかけて「これからの長い道のりを一緒に頑張りましょう！」とおっ

しゃいました。とても優しいありったけの笑顔でした。

翌日、小安先生も何度か病室にみえました。何度も何度も私の病気の説明をして下さいました。本当にありがとうございます。患者は私だけではありません。数え切れないほどのもっと大変な方々を抱えながら、私のために疲れた身体をおして、私の手紙のために、彼たちは大切な時間を割いて下さいました。

ちょうど小安先生が部屋で説明して下さっている時、店のスタッフの女の子たちがぞろぞろとお見舞いに来てくれました。

「店長大丈夫？　膠原病って高い所に登ったらなるやつでしょ？　店長どこの山登ったの？」

「あほか！　それは高山病や。ほんまに、おまえらもの知らんな！」

小安先生は溢れそうな笑顔で見守っていました。皆が帰った後、

「綺麗な方ばかりですね！　前田さんのお店、行ってみたいな」

あっ！　その笑顔だったんですね。そう言えば私に見せる笑顔とは種類の違うものでした。その後も本当に長い時間を掛けて先生は私を励まして下さいました。


九月二十六日、私は数え切れないほどの方々にお世話になって、あの夏の日より少しだけ柔らかくなって、家族のありがたみを心の底から感じながら二か月の入院生活を終えました。

これからのいつ終わるかわからない闘病生活に、不安は計り知れないものでしたが、やはりわが家が

いいと、しみじみと感じながら、早く帰って来た息子と母とゆっくりその晩を過ごしました。娘はその頃iichan.chiで頑張っていましたから、その場にはいませんでした。

その退院の日にいただいた診断書です。

２００８年7月発熱と両下肢紫斑を認め、高田総合病院を受診。緊急入院。皮膚生検を施行するも確定診断に至らなかった為当院に転院。ＳＬＥに準じた治療、プレドニン40㎎内服加療を開始。皮膚血管炎は軽快したが尿たんぱく陽性。抗核抗体陽性であり、確定診断の為9月11日腎性検を施行。その結果「ループス腎炎」と診断された。プレドニン治療はその後尿たんぱくも減少しており徐々に漸減。プレドニン30㎎まで減量した上で、9月２６日退院。通院加療となっている。

居場所　座ってたら、あかん

翌日、私が行ったのは近所の大型スーパーです。人混みに行くのは怖かったのですが、どうしても行こうと決めていました。そこは中古で買い受けたダイヤモンドを加工して新品同様に直し普通より安くダイヤモンドを売る店です。昨晩、久しぶりに見た新聞のチラシでその業者が今日までそのスーパーにいるのを知りました。

母に買いたかったのです。働けない私には贅沢です。でも、退院記念と母の誕生日のお祝いと、なにより「ありがとう」と。いくら思っても、まだ言葉に出して言える私ではありませんでした。まだ少々見栄張りの私でした。だからダイヤモンドだったのかもしれません。

働いている母は時計やアクセサリーが大好きなことを私は知っていました。そして何より「形」に残したい、という思いがありました。小さなダイヤモンド。気に入ったプラチナのチェーンを付けていただいて一万九千八百円。リボ払いで買いました。真っ赤なリボンを付けて頂きました。

その晩、私は母にそれを渡しました。何かとても戸惑った、不安な顔を母がしたのを覚えています。母の中の私は、いつも傲慢で偉そうで生意気な娘です。その娘が「ありがとう」「二か月間お世話になりました」

「お誕生日何も出来なかったから」初めて言葉にして言ったからかもしれません。そんなこと言われたら「この子もうすぐ死んじゃうのかな？」くらい思ったかもしれません。もし、母より先に死ぬことがあったとしても小さなダイヤモンドをこの日、形に残したことをやはりよかったと思える瞬間でした。

朝、美容院に行ってパーマもかけました。不安でたまらない私でしたが、一生懸命「普通」に戻ろうとしていたのだと思います。お化粧もなにもしない入院生活でしたから、少しだけ綺麗でいたいと思いました。

この病気でたぶん私は死にません。でも、これからの人生何があるかは解りません。自分の身体が壊れるなどということ、この夏までこれっぽっちも考えたことのない私でした。でも、いつそれが起こっても後悔しない生き方がしたいと思いました。いつも身だしなみは整えて、部屋を綺麗にして、身の回りを整理整頓して、それから、ありがたかった時は「ありがとう！」と、その時素直に言おうと思うのです。言い忘れて死んではいけないと思いました。

今思えば、その時からもう膝が痛いと感じていました。お店を歩いている時から、少しですが感じていました。急にたくさん歩いたからかな？　そう自分に言い聞かせていたと思います。

やはりもう少し入院していた方がよかったのか？　私はとても不安でした。家には今の私の状況を調べてくれる人も、教えてくれる人もいません。次々と今まで経験したことがない身体の異変が起こった私は怖くて怖くてたまらなかったのだと思います。

インターネットで初めてステロイドの副作用を検索してみました。腎臓病科で「副作用」という言葉を聞いていましたから不安でした。

一、「易感染症」　免疫力が低下するために、風邪やインフルエンザなどの感染症にかかりやすくなる。
二、「骨粗鬆症」　骨がもろくなり、骨折しやすくなる。
三、「糖尿病」　糖を合成する働きを高めるため、血糖値が上がる。
四、「消化性潰瘍」　消化管粘膜が弱くなるため、潰瘍ができやすくなる。
五、「血栓症」　出血を止める働きをする血小板の機能が亢進するため、血管の中で血液が固まる血栓症になりやすくなる。
六、「精神症状」　不眠症、多幸症、うつ病になる事がある。
七、「満月様顔貌」「中心性肥満」　食欲の亢進と脂肪の代謝障害によって起こる。
八、「動脈硬化」　動脈硬化を促進し、コレステロールや中性脂肪が高くなることがある。
九、「高血圧」「むくみ」　体内に塩分が溜まりやすくなる。
十、「白内障」
十一、「緑内障」

十二、「ステロイドざ瘡」 にきびができやすくなる。
十三、「大腿骨壊死」

膝が痛くなるという記述はありませんでした。たぶん大丈夫。きっと大丈夫です。

九月二十九日、すっかり気の弱くなった私はうっすら寒い小雨の中、予約なしで帝大病院へ一人で行きました。予約をしていないので朝十時には病院に着いていましたが、診察を受けたのは午後三時十分です。結果、膠原病とは関連がないとのこと。安心しました。それでも晩になると膝が痛く、冷や汗が出ます。箪笥に寄りかかって体育座りをして夜を明かしていました。日に日にそれはひどくなって行くようでした。

それからの生活はたぶん自分探しの毎日だったように思います。仕事、仕事と何も見て来なかった私が、この家で初めて昼一人になって、居場所を探す葛藤の始まりでした。入院していた頃、最初はTシャツとジャージ姿の毎日だった私は、かっこいい服が着たくてファッション雑誌ばかり見ていましたが、退院が決まってからは通販雑誌を買って家を綺麗にしたいなあ、なんてことに思いを巡らせていました。以前の私ならまるで考えなかったことだと思います。家族に喜んで欲しい、家族のためになりたい。と普通に思うことが出来る私でした。一人で家の中を眺めてみます。こんなにゆっくりわが家を眺めたのは初めてのことでした。

何年前からでしょうか？　私は家を振り返ることはありませんでした。家は埃だらけでした。誰が悪い訳でもありません。私たち家族はそれぞれ、それなりに一生懸命働いていました。それでも母だけは仕事の合間をみて家を片付け、孫たちの食事の支度をして、何年も過ごして来たのだと思います。ワイヤーが飛び出たボロボロの座椅子、フローリングもどきのピータイルを傷つけないように底にガムテープが何重にも貼ってあるのに気付いた時、涙が出ました。とても不細工にそれは貼ってありました。寒くなり、こたつ布団を出した時も、そのこたつ布団を汚さないように、下手くそな、つぎはぎだらけの布団カバーがありました。レイアウトを考えたのでしょう。それは紺のカバーでした。でも足りなかったのでしょう。微妙に違う紺色がまるでパッチワークのようにつぎはぎで縫い合わされていました。

この家を、この家族を、彼女は彼女なりに、ぶつぶつ文句を言いながら家族に「うるさいな！」と言われながら必死で守っていてくれました。昼一人になった私はそれをひとつひとつ確かめていました。今まで見たことも感じたこともない事柄を一人で感じていました。

膝が痛くて寝られない日は何日かありましたが、その頃まだ身体は動きました。腎生検から三か月ほどは腰をひねってはいけない、重い物を持ってはいけない、注意はそれくらいだったと思います。まず、「いらないものを全部捨てよう！」ゴミ袋何個出たでしょうか？　よくまあこれだけいらないものに囲まれて生活していたものです。ただ、寝るだけの家でしたから、それでよかったのだと思います。

そこを私は家族が語らう場所、家族が心と身体を休める場所、心からほっとする場所、という感覚はずっとありませんでした。

たぶんその頃の息子や娘にもそんな感覚はまだなかったと思います。早く一人でまたは彼氏と暮らしたいと思っていたと思います。私がそうだったから解ります。母親とおばあちゃんに、あれやこれやと構われ、うるさく言われ、でも下着は毎日洗濯してあって、暖かい食事が出来ている。そんな当たり前のありがたさ。馬鹿な私がこの歳になってやっとそんなことを噛み締めているのですから、彼や彼女が今理解できる訳がありません。もう少し年月がたって気付くのでしょう。あの子たちは私よりずっと頭が良いから、私よりきっと早く気付くはずです。

少しずつ私のいる和室、リビング、洗面所、トイレ、廊下を片付けて行ったのです。「わ！　綺麗」「すごい！」って言われることだけが自分の居場所でした。通販雑誌で吟味した少しの家具を購入し私は今まで省みなかったそのわが家を綺麗にして行きました。それが今の私がここにいる意味でした。働かないで家にいる。そのことに対する罪悪感。自己嫌悪。働き続けていた私にとって、葛藤する毎日でした。もうそこに偉そうな私はいません。自分に、家族に問いかける毎日だったように思います。

片付けばかりの十月が過ぎ、安い材料で毎日家族の料理を作る日々。ある意味新鮮だったように思います。「美味しい！」って言われることが嬉しかったのです。スーパーのチラシを毎日見て安い店に走り、そして「美味しい!」って家族に言ってもらう。当たり前のことをありがたいと思いました。ある意味、これが私の今やっている「飲食業」の原点ではないか? と思いました。こうなる以前の私は、たまに仕事がお休みで家にいても、ありったけのお金をかけて「アイちゃん外食しようか?」「ステーキ買って来る?」「しゃぶしゃぶする?」そんなことの繰り返しでした。たまに家にいることを威張っていました。本当に傲慢な人間でした。

十月はあっという間に過ぎ、十一月。母は私がただここにいることを喜んでいました。母は数々の友人をわが家に招きました。「弘子が毎日家にいて美味しい料理作ってくれるの」「いつも暇や暇やって言ってるの」「ご飯食べに来て!」私も「美味しい!」と言ってもらえる、そのことが嬉しくて母が招いたお友達にご馳走を作る。そんな日々を過ごしました。もしかしたら、その方々に褒めてもらったり、慰めてもらうことが嬉しかったのかもしれません。それが私の居場所でした。

ゴミの分別も覚えました。「燃えるごみ」と「燃えないごみ」を分けなければならないことを知りました。瓶と缶とペットボトルも分けなければいけないようです。捨てる曜日も知りました。その頃の私はまだ「五体満足」に身体が動いたのです。

季節は冬、すっかり寒くなっていました。「今年いっぱいはいいよね。働かなくても。ゆっくりしても」と問い掛ける私に、「あせらなくていい!」「誰でも二、三年はかかるみたいよ」と、働かないであせる私と、この状況をいつまでも続けていたい母がいました。母が言いました。「仕事が終わって家に帰って、上を向いて電気が付いているのが嬉しいよ」母は何年も暗い部屋に一人で明かりを付けていたのです。そんなこと知っていました。でも何も感じませんでした。

その頃の私は、あの夏の日以前の私と明らかに変わっていました。変わったのでしょうか？　働かないで、ここにいるには、ただ「いい子」でいなければならない。と思ったのかもしれません。威張っていてはいけない。と思ったのかもしれません。

特定疾患　嫌やったな

十月十日、外来の後、ステロイドは朝昼10mg、夜7mg、計27mgになります。それまでなかった1mg錠です。「プレドニゾロン」、名前すら不気味です。

その頃から明らかに顔が腫れ出しました。後に、先生にそのことを訴えた覚えがあります。「先生！　プレドニゾロン、何かおかしくないですか？」「あれから身体が動きません」みごとに否定されました。

「プレドニンで問題が起きた報告はあります。それも薬の着色料によるものです。プレドニゾロンでは一切ありません」

「……」何の根拠もない私には、逆らう知識は何もありませんでした。

その頃私は、しゃがんだ姿勢から立ち上がることはもう無理でした。力が入らないのです。でも、その頃はまだ「太ったね！」と言われるほどだったように思います。店のスタッフにも言われました。「店長！この前までガリガリで気持ち悪かったけど、ふっくらして元気そうになりましたね」「よかった！」あんなに、しんどかったのに、今も膝が痛いのに、やっぱり病み上がりはやつれていないと同情されないわ。

まだまだ出来の悪い私はそんな風に考えていたと思います。

十一月六日、阿佐ちゃんに以前から勧められていた「特定疾患」の認定を受けに、私は保健所に行きました。

ずっと私が拒んでいた事柄でしたが、よく考えれば認定された方が助かります。その頃の私は「身体障害者」と「特定疾患」の違いを理解していませんでした。「私は障害者でない！」と思う反面、認定されれば医療費が助かる。複雑でした。認定されれば今後の通院、投薬のお金がかなり免除されるのです。でも、その反面、自分の今の状況を「特定」と認めるのが怖かったように思います。「特定疾患」インターネットで検索しました。数え切れないほどの病名が現われます。もちろん私があの日小さな部屋で聞いた病名もありました。

『全身性エリテマトーデス』
「原因不明で治療方法が確立していない疾患。治療が極めて困難で病状も慢性に経過し後遺症を残して社会復帰が困難、もしくは不可能であり医療費も高額で経済的、精神的に負担の大きい疾病。その上症例が少ないことから全国的規模で研究が必要な疾患」

とありました。「要は症例が少なくて研究しなければならない疾患だから国がお金出すから研究させてくれ、ってことか？」私はそのように理解しました。「なんだ……解らないんだ……」「やっぱり癌よりたちが悪い！」

特定疾患にはすぐ認定されました。医療費が楽になる！　そのことはありがたかった。でもやはりショックでした。「原因不明」「治療方法が確立していない」「治療が極めて困難」「社会復帰が困難」「もしくは不可能」その時の検索の結果を私は噛み締めていました。

十一月七日、腎臓科受診。

ステロイド朝12mg昼5mg夜9mg計26mgになりました。

十二月二日、朝12mg昼5mg夜5mg計22mg

少しずつ、本当に少しずつです。

夏、入院したあの日「店長邪魔です。帰って下さい！」と言ってくれたキッチンスタッフの稲さんが来年四月結婚すると言います。

「店長出席して下さい」と言ってくれます。

「大丈夫！」「歩伏前進でも行くよ！」

「でもその頃までにはたぶん治るよ！」

本気でそう信じて私は答えました。熱が出てもいつか下がります。出来物が出来てもその内引きます。だからこの痛みもきっといつか治るはずなんです。それでも、私の筋力の衰えは確かに日に日に増していました。この頃、顔はいわゆる「ムーンフェイス」もうパンパンでした。鏡を見るのも辛い悲しい状態だったと思います。

治れ！　治れ！　早く元気になりたい！

二本の足で　歩かなあかんで

その頃、妹は家に籠ってばかりの私を励まそうと、よく家に呼んでくれていました。以前は保証人を頼むぐらいしか行ったことのない妹の家です。そこで私がなにげなく言った一言。「お墓参りに行こうよ！」**十二月九日**、母と妹と十何年かぶりに、彦根にある父の両親が眠る「龍潭寺」にお墓参りに行くのです。その日、天気予報は朝から完全に雨でした。父の姉、正子おばちゃんに「寒いのに弘子が風邪でも引いたらどうするの！」と猛反対されました。膠原病は免疫力が弱ること、おばちゃんはちゃんと知っていました。それでも私たち三人はなぜか必ず行くと決めていました。

探してやっと辿り着いたお墓。それは朽ち果てていました。苔だらけで雑草でお墓が見えないほどです。母は涙を流しました。なぜ私が「お墓参りに行こう！」と言ったのか解りません。もしかして、お爺ちゃんの正一さんやお婆ちゃんの花さんが私に言わせたのかもしれません。朽ち果てたお墓を私たちに少しだけ綺麗にして欲しかったのかもしれません。もしかしたら私自身「困った時の神頼み」で無意識に言ったのかもしれません。

きっと、少しだけ変わった私を幽霊たちは喜んで見ていてくれたのだと思います。そしてヘンテコな病気になってしまった私を悲しんで見ていたのかもしれません。私は正一さんと花さんの初孫でしたから、いつもとても可愛がってもらっていました。

天気予報は見事にはずれ、私たちがお墓を磨いている間、雨は一滴も降りませんでした。

その頃の私は身体中に力が入らず、しゃがんだ姿勢から立つことが出来ないので草むしりは出来ません。でもしっかり二本の足で確実に歩くことが出来ました。一時間ほど掛けて綺麗にお墓を磨き周りの草を抜いて花を飾り、お線香を立てて母と妹と手を合わせました。「膝の痛みが早く治りますように」「見守って下さい」「また必ず来るからね！」と祈ったように思います。

すべて終わって近くのおそば屋さんで食事している時、雨はどしゃぶりでした。正一さんと花さんが私を応援してくれている！　勝手に私は思っていました。

はっきり覚えています。**十二月十三日。**以前の店から常連だった太郎が幹事になって店を借り切ってしてくれた友達の結婚パーティー。「どうしても店長来て！」と言われ、会費のノルマもあったので、私はiichan.chiに行きます。その帰り、いつものように電車に乗って帰るのですが木幡駅からの帰り道もう歩けません。筋肉と膝の痛みがひどいのです。「弘子頑張れ！」「弘子頑張れ！」と声に出して言いながらガードレールにしがみつき、わずか十分ほどの駅から家までの道のりを二十分以上掛けて帰りました。あの日が「もう歩けない……」と思った初めての日です。

十二月十八日、忘れられない日です。以前の私なら気にも留めない日です。その日は朝からそわそわしていました。妹の娘「こゆき」の大学合格発表の日です。家族の小さな出来事さえ目を背けて来た私でした。何に追われていたのでしょうか？　勝手に自分で忙しいふりをしていたのでしょう。ある意味そういうことをさぼっていたのかもしれません。

朝十時、関西のおばちゃん妹から「受かったあ！」とメールが来ました。嬉しかった！　翌年の二月、妹の家でこゆきの兄貴「恭司」の警察学校卒業式のビデオを観ました。その時もなぜか涙が止まりませんでした。小さかった恭司が凛々しく代表で壇上に上がり卒業証書をもらう姿に涙があふれました。

そんな身近な当たり前の事柄に素直に涙を流せる私でした。たぶん息子の時も娘の時も嬉しかったと思います。でも、よく覚えていないのです。それほど馬鹿親だったのです。申し訳ないと思います。

ちょうど、奈良のスーパーを退職して小さな店を開業するまでの一月、娘の成人式がありました。娘の意見などあまり聞かずにプロに頼んで振袖を着た大好きな娘の写真を撮りました。それが親の役目だと思っていました。役目を果たしたと思っていました。今は解ります。私の考えは間違っていました。それはただの見栄だったのかもしれません。今まで私が親としてやって来たことなど無意味なことばかりだったような気がします。彼が彼女が、どのように暮らしているのか？　何を考えているのか？　何を悩んでいるのか？　何を求めているのか？　私がそれらを抱きしめることはありませんでした。今解ります。でもその時の私には解りませんでした。

「こゆきの合格祝い、iichan.chiでやるよ！」妹からのメールです。是非お祝いに参加したい、と思いました。「頑張る！　今いいちゃん杖いるねん。歩けない」お墓参りで会ったのが最後の妹ですから、私のその時の状況は知りませんでした。「座れるんやろ？　立って飲むんちゃうし大丈夫や！」「頑張れ！」いつも通りの妹からの愉快な返信でした。頑張るしかありません。「おめでとう！」と言いたいと思いました。

傘を杖代わりに足を引きずって私は店に行きました。妹も妹の旦那さまも私の変わりように驚いていました。あのお墓参りからまだ十日も経っていないのです。でもその日、そんなことはもうどうでもよかったのです。心から「こゆきおめでとう！」の日でした。

十二月二十六日、外来の時、関節の痛み、筋力の衰えを先生に訴えました。

「壊死の可能性がある。すぐレントゲンを撮りましょう」

「結果はまだ出ませんが、前田さん、入院しますか？」

「日常生活が困難ならば、ですが」

頭の中で一瞬いろいろなことがグルグル回りました。たぶんそれは十秒ほどのことだったと思います。

そのほんの少しの時間にビックリするほどいろいろなことを考えました。

「もう入院したい」「でも……アイちゃんが悲しむ」「動けない……」「動きたくない……」

その頃の私は「味覚」も少し鈍くなり始めていました。味がよくわからないのです。もちろん娘と息子には、そのことを伝えました。「今あなた方にお母さんが出来ることは料理を作ることだけやんかあ」「お母さん味がわからなくなって来た」「もう何もしてあげられへんかもしれん」二人とも返事はしませんでした。もちろん母にはそんなこと一言も言っていません。言えませんでした。

後にインターネットでいろいろ調べましたが、ステロイド以外の、現在私が飲んでいる薬にもあらゆる副作用があります。ステロイドにも鎮痛剤にも「味覚が減少する」という記述がありました。

それもこれも十秒の間ですべて頭の中をグルグル回ったと思います。その日は二〇〇八年外来診察最後の日です。今入院しても、もう診察も治療もありません。一月一日、妹の家で新年会の約束があります。今入院したらたった一人の新年です。また家族に助けられました。「一月一日、妹の家に行かなくちゃ！」「一人の新年はいやだ！」「アイちゃんを心配させてはいけない！」

「先生ありがとうございます。もう少し頑張ってみます」

それが十秒で私が出した結論でした。先生はニコッと微笑まれました。

「レントゲンの結果、あまり悪かったら電話するよ！」先生はその時まだ「壊死」を気にされていたようでした。今から思えばこの時の私はとても辛かったけど、まだ許容範囲だったのかもしれません。その後の辛さに比べればですが、でもこの時はもういっぱいいっぱいでした。先生はおっしゃいました。「では次は一月九日で！」

こんな風にこの年は終わりました。

考えたことも想像したこともない一年でした。母は年末年始、先生から電話がないか、ヒヤヒヤしていたようです。今、冷静に考えてみたら解ります。「入院するか？」と言われてもたぶん即日ではなかったはずです。救急患者ではありません。でもその瞬間、その時、私が必死で考えて出した結論でした。

毎日家の掃除をしていましたから昨年とは違い、さほど大晦日に慌てることもなく、本当に静かに当たり前の新年を母と息子と娘と迎えました。去年の今日には想像もしなかった新年です。これからの一年をもう予想することすら私には出来ません。目標とかそんなものも立てられません。この身体がこれからどうなって行くのか？　解りません。でも家族に囲まれて、妹一家に励まされて確かに生きている新年でした。

一月四日から母は法事で神奈川県に帰る予定がありましたが、それを延期するのです。一月九日の結果を聞くまでとても行けなかったのでしょう。申し訳ない。また迷惑を掛けてしまいました。

「その方がいいのよ！　法事は面倒くさい。後で行った方がゆっくり出来るからね！」

妹もこゆきも一緒に行く予定でしたから

「いいちゃん、ちょうどよかった！」

「こゆきが法事に着ていくスーツが間に合わないねん」

「前の晩飲みに行く予定やし朝早いのきつかったんやあ」

「……」

本当に皆ごめんなさい。人間には感情があります。神さまではありません。いくらいろいろ理解していても些細なことで腹も立ちます。同じ屋根の下で暮らしていれば、母も息子も娘も私の一言に腹が立つでしょう。私もあります。でも「家族」です。迷惑を掛けているのは私です。動かない身体にイライラしながら深々と頭を下げます。母は二月には必ず行くからと言いました。それまで絶対に入院出来ない。その時私はそう強く思いました。母が行くその日まで、母が安心して神奈川に行けるよう頑張ります！　それが頑張れる、頑張らなければいけない理由でした。それが「二本の足で歩く」意味でした。

歩け！　歩け！

たぶん私に何もなければ、もうとっくにつまずいていたと思います。お正月の妹の家の宴会。こゆきの合格祝い。恭司の卒業式、母の帰郷延期。いろいろな事柄が私の中で頑張らせてくれていました。その時はもうロボットのようにしか歩けませんでしたが、歩きたいと心から思いました。それは、いい格好じゃなく皆に見せたいと思いました。

年が変わり二〇〇九年一月九日、レントゲンの結果を聞きに外来へ。少しだけ入院を意識していた私は前の日家を綺麗に掃除しました。トイレに忘れて飾ってあったサンタクロースも凧の壁掛けに変えました。次は三月にお雛さまにするつもりです。

「壊死ではない」

「膝に水が溜まっているだけです」

「ただ前田さんは病気のせいで、その症状が普通の人より重いのだと思います」

整形外科の先生の診断結果でした。その結果を聞いた先生の顔は少し怒っていました。先生は心配してくれていたんだと思いました。

この日からステロイド、朝10㎎昼夜5㎎計20㎎になります。あの怪しげな1㎎玉はなくなりました。

二月六日、腎臓科の受診を済ませて二月十日、無事に母と妹とこゆきが神奈川県に行きました。

この時の受診でステロイドは朝8㎎昼夜5㎎計18㎎になります。また1㎜玉の登場です。


その頃からです。膝の痛み、筋力の衰えに加えて、私の腕は徐々に上がらなくなって来ていました。痛いとか、そういうことではないのです。力が入りません。肩の関節も痛みます。顔を洗うのもコンタクトを付けるのも困難なほど腕が上がりません。タオルで背中を洗おうとしても、タオルが背中まで行きません。頭の上でタオルが止まっています。鏡に写るその姿は滑稽でした。力が入らないのです。ある日オムレツを作って、お皿にフライパンをひっくり返そうとしましたが、上手く出来ずオムレツがくしゃくしゃになりました。私は「こんな簡単なことがなぜ出来ない？」声を出して泣きました。肩のせいでしょうか？筋力のせいでしょうか？　握力も弱っていましたから、葱を小口切にすると全部つながっていました。

子供たちの好きなおにぎりも握ることが出来ません。腕が上がらないということは、お行儀は悪いのですが、お玉のまま味見することも出来ません。今まで何気なくしていたことが大変な作業になっていました。頑張って上げると腕がブルブル振るえます。

足の筋肉もみるみる弱って行きます。まっすぐ立つことすら出来ません。背中の筋肉も落ちて行く感じでまっすぐ立てないのです。私の身体はどうなっているのでしょうか？

次は**二月十九日、**オープンから頑張ってくれたアルバイトの送別会があります。その日まで頑張ります。ある日私が家に招いた高校から友達のマキと順子が言いました。「予定があるって良いことだよ！」「普通の主婦は何も予定ないよ」「だから弘子頑張れるんや！」本当にそう思います。そうして、動かない足を引きずって、上がらない腕を持ち上げて、必死で生きていました。次の予定があるのです。それはたぶん私がいなくても何とかなるかもしれません。去年の夏、「何もかもどうでもいいから一日寝かせて下さい」と思った私がいました。でもあの時の私とは明らかに違います。どうしてもしなければならないこと、私がいなければならないことがきっとあるはずです。次の予定、その日のために一日一日をただ一生懸命生きていました。

三月七日、膠原病内科受診。ステロイド、朝6㎎昼夜5㎎計16㎎になりました。

季節は確実に春になり始めました。もうすぐ私は五十歳です。半世紀生きました。よたよたと道を歩いている時、洗濯物を干している時、当たり前のように「歩いている」方々を見ていました。二階のベランダから見ていると出勤の時間帯などは、皆、先を急いで颯爽と歩いています。本当に当たり前の姿です。ついこの前まで私もそうして当たり前に歩いていました。何も感じずに歩いていました。始発電車に乗って行きたい所に行っていました。河原町へ行って欲しいものを買っていました。エステも行っていました。もちろん、歩けることをありがたいなどと思ったこともありませんでした。でも、その人たちを見ていて、本当に羨ましいと思っていました。悔しいと思いました。

恥ずかしいことですが、以前の私は夕方クラブ活動でジョギングしている木幡中学の学生たちが「ファイト！　ファイト！」と言う掛け声がうるさくて舌打ちしたこともありました。

でも私は変わっていました。知らぬ間に一緒になって路上を見ながら「ファイト、ファイト」「頑張れ、頑張れ」と言っていたのです。この頃私はベランダから下ばかり見て過ごしていたと思います。走りたい！とまで思っていません。ただ普通に歩きたい。それだけでした。

今まで当たり前のことを見て来なかった私への罰でしょうか？　馬鹿だったことは認めます。でもそんなに悪いことをしたのかな？　ただ一生懸命だっただけでした。

もうお風呂場を洗うことも布団を畳むことも私には出来ませんでした。買いものは時々なんとか行っていましたが、キャベツや大根を買うことはもう出来ません。それを買うと重くて他のものが持てないのです。牛乳は息子も娘も好きなので頑張って買います。他のものを軽いものにして、もうひとつ袋を持って行き、帰りは重さを左右均等にしてから、両手に持って「振子」のように振りながらバランスをとって歩きます。

少し経って、コロコロと引きずって買いものに行けるカートを買いました。引きずり方が悪いのでしょうか？　すぐに底は破けて、いろいろなものが飛び出ていました。何度も縫ってみましたがダメでした。

そんなある日、買いものが終わって家に帰る途中、自転車に乗ったおじさんが私の横で止まりました。「どこまで帰るの？　後ろに乗るか？」と言って下さいます。また違う日、「ヤクルトおばさん」が私に近づいて来ました。そして一本のヤクルトを私に差出しました。「奥さん。これを飲んだらきっと元気になりますよ」私の歩き方はそんなに悲惨で滑稽だったのでしょうか？　少し可笑しくて苦笑いです。

身だしなみはちゃんとしよう！　と決めていましたから、私は毎日お化粧をしていました。腫れた顔に茶色の頬紅を塗ってみます。「少しはましかな？」もう一度鏡を見ます。そこには何も変わらない膨れあがった顔が映ります。どこにも出掛けなかった私は、そのお化粧した顔を誰に見せることもなく夕方顔を洗います。「馬鹿だな」また一人で苦笑いしていました。何とか、何とか私がここにいる意味を探していました。

自分の役割を探していました。家族のために何かしないと、出来ることをやらないと、私がここにいる意味が本当になくなってしまいます。ここにいたい、と思っていました。

でもこの頃もう限界を感じていたかもしれません。


四月三日、膠原病内科受診日、何と言っても膝に水が溜まっているとしか言わない先生に、私はそんな痛みではないこと、筋力も目に見えて弱っていることを必死で訴えました。「そのうち治る」そんな思いが去年の暮からずっとありましたが、その身体の様子は日を追うごとに確実に変わって行きました。去年の夏の日、自分の身体に今までにない異変を感じたように、いえ、それ以上の恐ろしい異変を認めざるを得ない状況だったと思います。

「前田さん入院するか？」「日常生活が難しそうだね」

「お願いします」

去年の暮に十秒ほど考えてお断りした私ではもうありませんでした。明らかに私の足、腕はもう健常者のそれとは異なっていました。足は曲がり、その足をかばうように腰は落ちて、時々ショーウインドーや病院の鏡に写る自分の姿は醜く辛いものでした。その日からまた逆戻りです。ステロイドは25㎎になりました。

「次の診察までに整形外科でもう一度レントゲンを撮っておいて下さい」。先生はおっしゃいました。

四月五日、桜満開のとても暖かい日です。それでも私は「稲さん」の結婚式に娘と二人で出席しました。とても綺麗な花嫁さんで稲さんも幸せいっぱいの笑顔でした。去年からの約束です。「その頃は治っている」なんて思っていたのに見事にはずれました。もう肩が動きませんから歩伏前進も出来ません。娘の腕につかまり必死で歩きました。教会で賛美歌を唄う時「起立して下さい」「お座り下さい」と牧師さんに言われましたが、もう出来ません。顔はパンパンに腫れて、体調も容姿も最悪の状態でした。着ていく服も靴も、もうありません。でも約束したのです。大切な大切なスタッフの最高の日です。約束を破る訳には行きません。この足で二本の足でそこに行って「おめでとう！」と言わなければいけません。娘がずっとそばにいて、私を支えていてくれました。

四月十日、朝一番、整形外科を受診します。レントゲンの結果は両膝、両肩とも骨壊死とのこと。たった四か月で私の骨はその姿を変え、死に始めていたのです。

先生は簡単に、簡単ではないかもしれないけど「壊死」とおっしゃいました。「死んだ」のです。「死んだ」ということは「生き返らない」のです。

なぜ去年の暮に私が「痛い」と訴えた時、気付いてくれなかったのか？　気付いていてくれたら、その時止められたのではないか？　私の頭の中には悲しいというより、憤りのようなものが渦巻いていました。

先生は何かの書類の裏に絵を書いて解りやすく、どのような状態か詳しく教えて下さいました。事前に発見することが不可能であること。なってしまったものは止めることが出来ないということ。私はたぶん何も聞いていなかったと思います。ボーっと聞いていたと思います。

同じ日、再び膠原病内科受診。先生はレントゲンの結果を見て明らかに戸惑っておられました。

「前田さん、入院しましょう。一週間から二週間でベッドが空きます。空き次第連絡します」「この状態がステロイドの副作用かＳＬＥの仕業かまだ解りません」

心は決まっていました。もう迷いはありませんでした。家にいて少しの家事をするのももう疲れていました。「したい」「出来ない」の葛藤でした。私の心と身体のスイッチは、もうどこか切れていました。

そのままのギアで私はゴールデンウイーク明けまでこの家で過ごすことになるのです。

一週間か二週間と言っていたのに、病院からの連絡がなかなかありません。スイッチが切れたまま過ごすその間はとても長く感じていました。五月一日、腎臓内科受診、その帰り道、帝大病院より携帯に電話が入ります。「ゴールデンウイーク明けの七日から入院して下さい」とのことでした。

ゴールデンウイーク。誰にも甘えず生きてきた私はもういません。母に妹に息子や娘に思い切り甘えて過ごしました。私のリクエストはと言えば、食べたいものばかりです。入院したら決して食べられないもの、天下一品のラーメン、お寿司、ハモ、うな丼、チーズバーガー、鶏の水炊き。彼らはそれらを短い期間ですべて叶えてくれました。それから入院まで、もう家事も何もしない！　と宣言しました。宣言したら少しだけ楽になったような気がしました。

再入院　情けないなあ、くやしいなあ

二〇〇九年五月七日、入院したのは南西病棟。現在は研究施設になっていますが、古くてお世辞にも綺麗と言えない病棟でした。エレベーターは動き出す時も止まる時も「ガタン！」と大きな音がして大きく揺れます。途中で止まってドアが開かなかったらどうしよう、と思うほどです。

そして検査に行くのも診察を受けるのもシャトルバスに乗って外来病棟まで行くのです。七、八人ずつ運ばれて行きます。それは本当に「バスに乗る」のではなく「運ぶ」という作業でした。全員無言で短い距離を運ばれて行きます。運ばれるのには訳があります。歩けないのです。情けないと心から思いました。悔しいと思いました。涙が出ました。初日、私は最終シャトルバスに乗り遅れ検査を受けることが出来ませんでした。悲しい出来事でした。

その時いただいた「入院診療計画書」には病名「関節炎」とありました。「?」もう私の骨は死んだのですよね？

入院当日の私の日記に殴り書きの文字があります。「私の歩く姿を見て」という始まりです。

「お風呂一人で入れる？　介助しようか？」

「大丈夫です」

「ポータブルトイレ持って来ようか？」

「絶対いらない！」

「歩行器持って来ようか？」

「いらない！」

「歩行器ほど大層じゃないのあるから、三輪車みたいなやつは？」

「いらない！」

「何かお手伝いすることありますか？」

「ありません。全部自分で出来ます！」

優しく心配して語り掛けてくれる看護師さん。その言葉のひとつひとつが心に刺さりました。馬鹿にするな！　私は身障者じゃない！　今、少しあちらこちら痛いけどすぐ治る！

そんな風に思ったのだと思います。

死んだのだから治るわけはありません。でもきっと私はまだこの事態を認めたくなかったのだと思います。

辛い思いをしても元気になれば「ありがとう」が言えます。辛い思いをして、それ以上にどんどん辛いと「ありがとう」が言えません。僻んでしまいます。やはりちっぽけな人間です。

以前の入院は回復するためのものだったように思います。でも今回の入院は壊れて行く自分を確認するものでした。涙が止まりませんでした。そんな反抗的な私を優しい目で見つめていた看護師さんは、翌日黙って私をトイレに近い「三一〇号室」に移して下さいました。

私はその仕切られたカーテンを誰も入れないようにすべて洗濯バサミで留めました。

翌日からシャトルバスで運ばれる日々が始まりました。レントゲンは二十枚以上撮ったでしょうか、整形外科の伊東先生の受診もありました。この日から伊東先生が担当医になったと思います。十二月にはまるで大丈夫だったのに、と絶句されていたのを覚えています。右肩は完全に壊死している。手術が必要である。そんな内容の事柄。先生はその時何もおっしゃいませんでした。後で他の先生から聞かされました。なぜあの時先生は事実をおっしゃらなかったのか解りません。でも今なら先生とお付き合いが長くなった今なら少し理解出来るような気がします。

その日、車椅子に乗って病棟の前の庭に母と行きました。五月晴れの気持ちのいい午後でした。以前なら絶対にしなかったと思います。私は母の前で思い切り泣きました。

「どうして私ばかりなの！」

「手術なんていや！」

「怖い！」

母も泣いていました。二人でいつまでもいつまでも泣きました。

そんな母に五月十日の母の日。娘に頼んでカーネイションを母の部屋の前に置いてもらいました。


お風呂に入ることはなんとか出来ましたが、肩の上がらない私は服を着ることがもう出来ませんでした。イライラする私がお風呂から出る頃を見計らい母は脱衣所に来て黙って着せてくれました。その後、妹も娘もそれを黙ってしてくれました。


五月十一日、シャトルバスに乗って神経内科の問診。

五月十二日、骨シンチグラフィー検査。

母の日に娘に頼んでプレゼントした花

リハビリも始まりました。これから毎日とのこと。生まれて初めてのリハビリです。スポーツ選手でもないのになぜこんなことしなければいけないのか？　恥ずかしいことですが、私にとっての「リハビリ」はスポーツ選手が通う「ジム」みたいなものだと思っていました。野球選手が肩、肘など手術した後、回復のために頑張る姿はテレビなどで見て知っていましたから、そう思ったのかもしれません。病院とこの歳までまったく縁のなかった私は、病気や怪我をして、その方々が回復するために通う場所があることすら知らなかったのです。興味のあることは見ていました。興味のないことは見えませんでした。

壊れた腕を無理に動かすことにどんな意味があるのか？　優しい小西先生がおっしゃいました。

「前田さん。骨が壊れたからといって動かさないでいると筋肉まで固まってしまうの。そうしたらせっかく骨を治しても腕が動かなくなってしまう。頑張って動かしましょうね」

「骨を治す」とはどういうことなのでしょうか？「修理」でしょうが。「死んでる」んですから。生き返らないのだから。辛い。悲しい。

なるほど、死んだ骨にも筋肉はついているようです。

素直に話が聞けない私がいました。

五月十三日、足首のＭＲＩ検査。**五月十四日、**まったく歩けなくなった、立ち上がることも困難になった私は骨の壊死と共に筋肉の萎縮も疑われるということで、筋電図検査を行いました。これは油断していました。心電図検査のような気分で挑みました。場所は懐かしい北病棟でした。リンパのあたりに針を刺して電気を流すのです。「痛い！」何度も叫びました。

筋肉が萎縮すると聞くと昔アパートの下の階に住んでいらした方「筋ジストロフィー」を連想してしまいます。怖くて怖くて、検査終了後三人の先生方がこそこそとお話されるのを耳をたてて聞いていましたが専門用語ばかりで私には何ひとつ理解出来ませんでした。その後腹部エコー検査。あの腎臓病棟でグーパーグーパーを一緒にした、去年の退院の前日私が手紙を渡した、そしていつまでも私の疑問に答えてくれた小安先生でした。あの時筋力が衰える恐れがあると危惧して下さった先生です。私の変わりように驚かれている様子を見て「なちゃったね！」とだけ言って私は微笑みました。息子ほどの年齢の彼に私はそれしか出来ませんでした。

私の身体はどこまで壊れていくのでしょうか？　このまま骨も死に続け筋力も衰えて、やがて寝たきりになって心も身体も死んでいくのでしょうか？　どうしようもない恐怖と絶望に押しつぶされそうなる毎日でした。

こうして、これから行われる手術に耐えられるのかの検査と、耐えられる身体を作るリハビリ漬けの毎日が淡々と過ぎて行きました。

五月二十日、整形外科伊東先生の受診です。

「骨が破壊して行くのを止めることは出来ません。なってしまった事柄についてどうして行くか考えるしかありません」と先生はおっしゃいました。

「どうして行くか？」

「元の身体に戻るには手術しかありません」

死んだ関節が元に戻ることがないのなら、それに換わる人工関節に代えるしかない。たくさんの検査の中で私は少しずつ理解し始めていました。

私は右肩の手術することをお願いしました。

「なるべく急がせますが、八月中頃になると思って下さい」

「その後すぐ左膝もやりましょう」

翌日、伊東先生の結果を小西先生に話ながら私はまた泣いていました。そして泣いた後

「親知らず四本抜く勢いで頑張るよ！」と言ったのを覚えています。

その晩、初めて息子が来ました。妹も相変わらず毎日のように美味しい料理を運んでくれていました。

五月二十二日、栄養指導がありました。膝の負担を避けるために食べ過ぎに気を付けて塩分控えめの食事をするようにとのことです。ステロイドの影響で顔もお腹もパンパンなのに妹と影でこっそり笑いました。

以前より少しだけいい子になった私でしたが、この頃は泣いてばかりいたように思います。鏡を見るのは

大嫌いでした。「デブ」「ブス」と毎日泣いていました。顔ははち切れそうに腫れていました。隣のベッドの方は脳腫瘍のために顔の神経を切っていましたから、それに比べたら私なんてまだ大丈夫、と綺麗事を並べ立て言い聞かせながら、半面では、違う！　違う！　私そんな出来た人間じゃない、人と比べている場合じゃない、その時の本人が一番辛い、その瞬間の自分が一番悲しい、と心から思いました。そして泣いていました。

五月二十四日、あの不動産屋の社長がお見舞いに来て下さいました。「そばまで来ているから病室はどこ？」と電話があったので、母と車椅子に乗って中庭で待っていました。わらびの里のお弁当、花束、お守りをいただきました。「顔腫れたねえ！」とはっきりおっしゃいます。気を遣われるより、はっきり言ってくれた方が楽かもしれません。それから「前田さん。必ず治るから！　元気になったらハワイ旅行に行きましょう！」とだけ言って病室に入ることもなく慌ただしく帰って行かれました。ハワイは私まだ行ったことがありません。本当かなあ？

六月三日、最後の整形外科受診の日、伊東先生より、手術八月二十四日右肩。九月十四日左膝と伝えられました。現実を突き付けられたように感じました。仕方ない。これから起こる様々な事柄を覚悟した瞬間だったと思います。

この入院の間私は僻んで、泣いて、ふてくされて過ごしていましたから、同じ病室の方たちと仲良く過ごそうなどという気持ちは微塵もありませんでした。カーテンをいつも閉め切って過ごしていたと思います。この頃私の入院準備に洗濯バサミは必需品でした。

それでも隣のベッドにいらした脳腫瘍の方が退院する日、私を優しく励ましてくれたのを覚えています。そこにいる皆、辛い日々を過ごしています。私より大変な思いをされている彼女に私は励まして頂きました。ありがたく、情けない思い出です。その時私はあまり何も答えませんでしたが、深々と頭を下げたことだけ覚えています。

二〇〇九年六月四日、身体は何も変わらないまま、むしろ以前より歩けなくなって、現実だけを少しだけ受け止めて、母が病院の地下で買って来てくれた風船を切ったようなそれを思い切り伸ばして肩を鍛える用具と、妹が持って来てくれた、バスケット選手のこゆきが足を鍛えるために使っていた足の重りを持って私は退院しました。それらを使って手術まで一人でリハビリです。手術の日まで筋肉を鍛えなければなりません。それはある意味手術までのカウントダウンが開始した日でした。

その時いただいた診断書です。

『SLEループス腎炎』にて当院通院中の患者。H20・9月から両膝痛、H21・2月から両肩痛あり。可動域制限あり。『多発性骨壊死』をＭＲＩにて認め精密検査の為入院。『ＳＬＥループス腎炎』の病状は落ち着いており『多発性骨壊死』については明らかな原因不明。今後は整形外科にて各部の人工関節置換術を予定している。

とありました。そして、その診断書の一番下に、

「今後、複数の関節につき人工関節置換を行うため、後遺症が残る可能性があります」ともありました。

覚悟の日々　もう歩けへん……

家に帰ると娘がアスクルで買っておいてくれたキャスターの付いた丸い椅子がありました。ほとんど歩けない私はこれからそれに乗ってコロコロと前に進むのです。それでも私は帰ってすぐ嬉しくて調子に乗って座椅子に座ってみました。もしかしたら立てるかも。と思ったのかもしれません。でも、そこから立ち上がることが出来ませんでした。母に何分もかけて引きずり出してもらいました。歩くことも立ち上がることも私にはもう出来ませんでした。次の日、電動で起き上がれるベッドも届きます。筋肉が衰えて、寝た姿勢から起き上がることも出来ません。もう私は畳の上に布団を敷いてそこから立ち上がるのは無理でした。

肩が痛いと寝返りも出来ません。掛けた布団から出る作業も大変でした。足など、そこらじゅうの身体で動く所を動かして、布団から出ます。それから腕に力が入らないので、うつ伏せになって頭を使って何分もかけて起き上がっていました。それはそれは情けない、みじめな姿です。

今まで、何気なくしていた行動が何ひとつ出来ないのです。インターネットで背の高いお風呂の椅子も買いました。座椅子より少し高いソファーも買いました。そこからまず肘掛に座りいつも横に置いてあるキャスター付きの椅子に移動してコロコロとトイレに行きます。トイレに行きたくなったらすぐその行動に入らなければいけません。とても時間がかかるのです。腹部がパンパンで自分のTシャツはもう何ひとつ入らず、恭司が自分のTシャツをたくさん持って来てくれました。情けなくて、悲しくて、私の身体はどこまで壊れて行くのでしょうか？　八月までの不安でいっぱいの日々が始まりました。

J-Medical 医学辞典
「ループス腎炎」
ループス腎炎は自己免疫疾患の全身性エリテマトーデスが、腎臓の糸球体に炎症を起こすものである。
全身性エリテマトーデス、英語（Systemic lupus erythematosus; SLE）ドイツ（Lupuserythematosus）とは、全身の臓器に原因不明の炎症が起こる、自己免疫疾患の一種である。慢性疾患であり膠原病のひとつとして分類される。全身性は文字通り体中どこにでも症状が起こることを意味し、エリテマトーデスは紅斑（エリテマ）症を意味し、本疾患に特徴的に生じる皮疹に由来する。英語の病名中にある lupus はラテン語で狼の意であり「狼に噛まれたような」と称されるSLEの皮膚症状より名づけられた。ステロイドが開発されるまで、死に至る病であったが、ステロイド開発後死亡率は飛躍的に減少した。最もステロイドの恩敬を受けた病といっても過言ではないだろう。

インターネットで誰でも見られる情報です。今改めてそれを「検索」し、狼に噛まれたような足を見つめてステロイドの恩恵を受けながらその副作用と戦い震え続ける私です。ステロイドのことすらこの歳まで私は知りませんでした。そして知り合い、友人、親戚、たくさんの方からステロイドの体験談、完治した喜び、励ましの言葉を頂きます。

でも動かないのです。何もできないのです。時々自分の動かない身体に苛立って意味もなく涙が出ます。昼間一人でいつまでも泣きます。でも母や妹の前では決して泣きません。それは以前のような母の前で傲慢で偉そうな私ではありません。たぶん母や妹、そして遠くにいる父の方がもっと辛いのだろうと思うからです。病気になっている本人より、何も出来ないでそれを見ている違う人の方が何倍も辛いと思うのです。息子や娘がもしそうなったら……代れない私はたぶん気が狂うほど辛いと思います。それが今解ります。解るから､誰かの前では決して泣きません。だから一人の時だけ思い切り泣きます。ずっと泣きます。

まともに歩けない私を心配して、と言うより母を心配して、母の妹「モモちゃん」が京都にお見舞いに来てくれていました。**六月八日**、その夜久しぶりに母とモモちゃんと妹家族とiichan.chiへ食事に行きました。モモちゃんの腕につかまって必死で歩いて行きました。本当に久しぶりです。食事もあまり喉を通らず、私はスタッフたちをただ眺めていました。彼らは皆、各自の役割を淡々とこなしていました。店主不在のその店で皆、頑張ってくれていました。

「ありがとう」心の中で言いました。

帰り際です。出口にスタッフ全員が並んでいたのです。瑛梨もいました。そして皆からと、千羽鶴をいただきました。全員で毎日少しずつ折ったと言います。

「三月の店長の誕生日までに出来る予定だったんですが、全然間に合いませんでした」

「店長の病気が早く治りますように！」

「手術頑張って下さい！」

「早く店に帰って来て下さい！」

皆が笑顔で次々と話し掛けて来ます。泣くまい！　と頑張りましたが涙が止まりませんでした。あきらめないで、この店を一生懸命やって来て良かった！　心から思いました。私が勝手に「私がこの子たちを立派に育てよう！」なんて偉そうに思っていたけれど、私がいなくてもこの子たちは立派過ぎるほど、ちゃんとそれぞれ育っていました。もう一度スタッフ全員に瑛梨に光司に「本

店のスタッフに頂いた千羽鶴

当にありがとう！」今度は声に出して言いました。

六月十九日の日記より。
生きていたくない！　でも死にたくない！

七月三日、膠原病内科受診。ステロイド朝6㎎昼夜5㎎計16㎎になります。一喜一憂の毎日です。

七月五日の日記より。
涙も出ない、腹も立たない、
暴れもしない、ふてくされてもいない。
でもそれ以上何も考えられない。
ずっと考えるのが好きだったのに。
少し待って下さい。すぐ治ります。
自分で気付くだけ、まだ軽傷です。
何も考えないで一日を過ごしています。
この病気、治る薬は手術の日です。

七月七日の日記より。
朝からやけに天気がいい。天気予報は晴のち曇り。
久しぶりだ！　思い切って玄関マット、台所マットなどを洗う。
干すなり雨。「瑛梨！」呼んで取り込んでもらう。
一人では何も出来ない。
起き上がりこぼし？　だるまさん？　やじろべえ？　私は何だ？
いっそ感情がなければいいのに。

暑い！　だるまには辛い！

八月七日、病院からついに電話がありました。「二十日から入院して下さい」とのことです。いよいよです。

八月十日。
宇治の花火大会。娘が買って来てくれたキャスター付きの椅子に乗ってコロコロベランダのそばまで行って見ました。その頃の私はベランダの外には出ることはもう出来ませんでした。そこから半分しか見えない花火を母と見ました。歩けなくなっても私はベランダに出るのが大好きでした。木幡中学校のクラブ活動を見るのが大好きでした。いつも上から声を掛けていました。「頑張れ！」と応援していました。ベランダの真ん前に大きな木がありました。その木は季節ごとに姿を変えていました。元気な時には何も知らなかった毎日をここからいつも一人で見て来ました。私はもうそこにも行けなくなってしまいました。去年の大文字は走り回って見ていたのにな。何となく思いました。そして来年は歩いていたいと心の底から思いました。

私のせいで店を任されて、とても結婚出来る状況ではない娘のことを思いました。「もう少し待ってね。せめてまともに歩けるようになるまで、そして顔が元に戻って綺麗にお化粧出来るまで。結婚式に行きたいから」花火を見ながら思いました。

初めての手術　治ることのスタートライン

まったく時間は予定通りやって来ます。憎らしいほど予定通りやって来ます。

八月二十日、息子も娘も、もちろん母も一緒に病院へ向かいました。病院の前には妹もいました。手術の説明、麻酔科の説明など聞いて過ごしました。夜、門限を知らせる「燃えろよ燃えろ」を聞くとやはり涙があふれました。不安と怖さで壊れそうな心を必死で保とうとしていたと思います。

その時の「入院診療計画書」には病名「ＳＬＥ両上腕骨骨頭骨壊死、両脛骨近位端骨壊死」とありました。

とても恐ろしい時間でしたが、その頃母の方が私よりパニックだったと思います。「これから長い戦いになるのだから、頼むから無理しないで」「いつまで続くかわからないんだから慣れて！」一番励まして欲しい私が母を心配して励ましていました。これでいいのかもしれません。私にはもう覚悟が出来ました。覚悟するしかありませんでした。

二〇〇九年八月二十四日、そんな思いをたくさん抱えて私は初めての右肩手術の日を迎えました。

朝九時、個室に引っ越しです。昼前、妹も妹の旦那さまも娘も来てくれました。十三時三十分、部屋を出発です。もう「まな板の上の鯉」です。車椅子に乗せられて手術室へ向かいます。皆も手術室の前まで付いて来てくれました。そこでお別れです。皆それぞれ不安そうな顔でそれでも皆精一杯微笑んで立っていました。不思議なくらいドキドキはしませんでした。「もういいや」みたいな気分だったように思います。扉の向こうはとても広い空間でした。どこまで連れて行かれるのかな？　後戻り出来ないのなら連れて行かれるまま従うしかありません。「前田さんの手術はこの部屋で行います」だいぶ奥の方だったように思います。手術室に辿り着き、落っこちそうな細いベッドに横になりました。伊東先生の顔を探しました。隅の方で誰かと打ち合わせなのか、話をされていました。言われるままの姿勢をとり、私は深い眠りについたと思います。

麻酔から覚めて、初めての経験ですから術後、朝まではとても辛い時間でした。寝返りも出来ません。点滴、血圧計、酸素、なんだかよく解らない管がたくさん付いています。お水がもらえるまでとても長かったように感じました。喉が渇いてたまりません。麻酔の影響で腸や肺がちゃんと動いているか確認出来るまでお水は飲めません。飲んでも吐いてしまう方も多いようです。一時間ごとに血圧を計りに看護師さんがみえます。

その晩「今夜の夜勤は伊東先生ですよ」

「よかったですね！　安心ですね！」

「何かあっても、すぐ来てくれますからね」

何度も何度も看護師さんは私を励まして下さいました。とてもとても長い夜だったのを覚えています。

ステロイドの点滴の影響で顔は前にも増してパンパンに青黒く膨らみ、家族を驚かせたようです。

翌日、肩に付いたカテーテル、麻酔の管、おしっこの管など抜いて頂き、身体はだいぶ軽くなって来ましたが、まだ右手を使うことが出来なかったので食事は少し不便でした。次の日、シャンプーもして頂きました。その後の回復は順調で静かに時が過ぎたように思います。

八月三十日、自民党がぼろ負けしたテレビを観ながら「これからの日本は大丈夫か？」なんて考える余裕もありました。「二十四時間テレビ」も観ていました。これを観ると「夏も終わるなあ」と感じます。昨年の今頃も入院していたのですが、このテレビを観た記憶がありません。たぶん元気に走り回っていたからかもしれません。

この日、伊東先生が病室にみえました。足首のＭＲＩを見せて下さいます。

「ところどころ壊死はありますが、まだ大丈夫です」

「今後観察して行きます」とおっしゃいました。まだまだゴールは遠いようです。まだ始まったばかりです。

肩が動かないのに、歩けない私は車椅子に乗っても足でこいで移動するしかありませんでしたが、足首が痛くてそれすら上手にできないのです。もうどこもかもボロボロという感じです。

八月三十一日、個室を出てまた「三一三号室」、五人部屋に移りました。いつものように洗濯バサミでカーテンを留めて過ごしていました。

リハビリはとにかく動かない腕を上げることです。動かさないで筋肉が固まらないように、作業療法士の市田先生が少しずつ上げて下さいます。まだ自分の力で上げることは出来ませんでした。上げようとするとブランっと腕が落ちてしまいます。少し上がるようになっても、窓磨きのようにタオルを持って壁際で上げ下げしてみたり、積み木をひとつずつ積んでみたり、何だか情けないリハビリでした。病室にお友だちが誰もいない私はこの頃、作業療法のリハビリ室にいるのが癒しだったように思います。肩の筋肉をとても優しくマッサージして下さいます。静かに穏やかに語り掛けてくれる市田先生と過ごす時間が好きでした。とんがった私がとても穏やかに過ごせる時間だったように思います。

作業療法のリハビリに可愛い研修生が二人いたのを覚えています。一生懸命の私を一生懸命応援してくれる二人でした。肩が上がらない私が一人でせめて前開きのブラウスだけでも着られるようにと考えてくれたのだと思います。ある日私にそれはプレゼントされました。真っ赤な紐の両端に洗濯バサミが付いた、ただそれだけのものです。

「片方の洗濯バサミを服に留めておいて、片腕を通した後にこの紐を引っ張ってみて下さい。きっと服が着られますよ！」

前の晩二人で何回も実験したと言います。

「ありがとう！　やってみる」

あまり上手く出来ませんでした。でも嬉しかった。考えてくれたことがとても嬉しかったのだと思います。その赤い紐は今も私の筆箱に入っています。

九月三日、もう始まっていた理学療法リハビリの真宮先生に杖を買うことを勧められました。今年の五月までの私だったらたぶん「そんなものいらない！」と拒んでいたでしょう。今の自分の身体を徐々に受け入れていた私は赤い杖を購入しました。その日、娘がリラックマのぬいぐるみを付けてくれました。その杖は今も私と一緒に歩いています。

次の日、母がビックリするくらいでっかいさんまの塩焼きを持ってやって来ました。夕方二人で食べました。「一人で食べるより二人で食べた方がいいよね！」。お互いにそう思っていたのだと思います。次の日は〆鯖をまた二人で食べました。

九月十日、息子とこゆきの誕生日です。また私は家にいません。

九月十一日、次の手術のために、また麻酔科の説明、手術の説明を受けます。あまり聞きたい話ではありませんが、娘も一緒に聞いてくれたから大丈夫でした。手術前日、いつものように朝五時三十分、車椅子に乗って洗面所に顔を洗いに行きました。この時間なら、あまり人がいないので洗面所に行っても大丈夫です。朝早いので部屋の洗面所は使いません。まだルームメイトは皆寝ています。その時間いつも洗面所で出会うおばあさんがいました。彼女も両膝人工関節だと言います。四年越しで手術したそうです。「明日手術です」と私が言うと、「あなたはまだ若いから大丈夫」と私を励まして下さいました。「何で私だけ！」と思っていた私です。私よりもっと大変な方がここにはたくさんいらっしゃいます。そう自分を慰めていました。でも、ここでない所には、ここの外には、そうでない方、ちゃんと歩ける方がもっとたくさんいますよね。と僻んでもいました。

顔を洗った後、まだ皆が眠っているその時間こっそりと妹が持って来てくれたボトルコーヒーを飲みながら本を読むのが大好きでした。

二〇〇九年九月十四日、左膝手術。

肩の時より緊張しました。朝また個室に引っ越しです。十四時五分出発。妹も娘も来てくれました。もちろん母は朝からいました。もう二回目だから大丈夫なはずなのにやはり「歩けなくなったらどうしよう」という思いが少しあったのかもしれません。とても緊張したのを覚えています。やはり前回同様に朝までは辛い時間でした。

今回は肩と違い体重がかかるため次の日も寝たきりです。背中に麻酔、膝にカテーテル、点滴、おしっこの管。身動き出来ない私は何も取れない、何も出来ません。この頃の私はまだ看護師さんに「あれ取って！」「これ取って！」と言うことが出来ませんでした。本当は言ってもいいのに、看護師さんも「何かあったら言ってね」と優しく言って下さるのに出来ませんでした。自分が何も出来ないことを恥ずかしいと思っていました。

五月、南西病棟で「全部自分で出来ます！」と言った可愛げのない私がまだ健在だったのかもしれません。朝八時の朝食に少し遅れて来た母に私は八つ当たりをしていました。

「何も取れないのにどうして早く来てくれないの！」

母は「ごめん」「ごめん」と謝りながら私の要求に答えてくれます。本当は私が「ごめん」です。

術後二日目、**九月十六日**、真宮先生が病棟まで来てくださりトイレに行く練習です。

「もう一人で歩け！」

「ええ！　もう歩けるの？」

初めて足の手術をした私にとって信じられない言葉でした。必死で歩いたと思います。真宮先生はトイレの中まで付いて来ます。とりあえずトイレに座って先生にVサインして見せました。先生もVサインしてくれました。足に力が入りません。足を手で持って必死でベッドに戻りました。

九月十八日、母の誕生日です。

また私は病院にいます。夕方、握り寿司を買って来た母とささやかなお祝いをしました。昨年の今日も思ったことです。もしかしたらダイヤモンドを買うことよりも、こうして二人でいることが大切なのかもしれません。これまでの私は一切そんなことをして来ませんでした。こうしていることが母の喜びなのかな？　今さら感じます。来年の今日、私は何をしているのでしょうか？　家にいてお祝いが出来るのでしょうか？　もう予想も出来ませんでした。

九月十九日、よく意味の解らないシルバーウィークが始まりました。リハビリも検診も何もありません。動かない身体にイラつくばかりの私にとっては良い休日だったと思います。

術後、店のスタッフや友人からたくさんメールなどいただいていましたが、返信する心の余裕が私にはありませんでした。少しずつ身体が回復して来ると、心にも余裕が出ます。自分の心の変化が、自身手に取るように解りました。ひとつずつ丁寧に返信しました。

歩行器で廊下も少し歩いてみました。「病は気から」なんてよく言いますが、「気」だけではどうしようもない問題もありますが、やはり心と身体は繋がっているんだなと思いました。

翌日、**九月二十日**、昨日より遠くまで歩行器で歩きました。母と妹は普通に「よかった！」と、とても喜んでくれます。特別なことじゃない。私は普通でいいのです。普通になりたいだけなのです。その頃の私たちは「普通」がもう解らなくなっていたと思います。

リハビリの真宮先生は「膝を人工関節にするくらい大したことではありませんよ」「そんな方たくさんいらっしゃいます」「皆元気に歩いていますよ」「すぐに膝をついて雑巾掛けだって出来ますよ！」とおっしゃいました。

「窓磨き」と「雑巾掛け」はどうやらもう出来るようです。反対側の右膝と左肩を治した後ですが。

九月二十二日、また個室を出て「二一二号室」の私の場所に戻りました。これで最後の引っ越しです。

九月二十五日、レントゲンの結果も良好。ステロイドが13㎎になりました。

九月二十八日、術後二週間、抜糸の日です。病室に入って来たのは若い山本先生でした。

「伊東先生じゃないの？」

「僕が頑張ります！」

「大丈夫？」

「大丈夫！」

「痛い！　痛いなあ！」

何度先生の頭を殴ったことでしょう？　先生も殴られて「痛い！」と言いながら真剣な顔で頑張っています。

「あのさあ、膝曲げてたら皮膚が伸びてるんじゃないの？」「足まっすぐにした方がいいんじゃない？」

「なるほど」「あっ本当だ！」「前田さんありがとうございます」

「もしかして……先生、抜糸するの初めて？」

「はい」

「もおお!!」

もう一度先生の頭を殴りました。その頃の私はまだ仲のいいルームメイトはいませんでしたが、カーテン越しに皆が笑っていました。それが少し嬉しい私でした。

私、少しずつ元気になって来ています。

ある日、伊東先生に私は聞いてみました。

「先生、リハビリで腕上げる練習してると肩が凝るんですけど、ピップエレキバン貼っていいんですかね？」

「人工関節だと磁気の力が変な風になりますかね？」

先生「……」「初めての質問です」

私の質問には答えては下さいませんでした。

十月三日、お月見でした。去年腎臓科であの彼女に教えてもらったお月見です。彼女と空っぽの病室でいつまでも眺めたお月見の日でした。母が今日だと教えてくれました。でも去年とは違う日です。お月見の日ってどうやって決まるのでしょうか？　まだまだ知らないことが多すぎます。何でも知っているつもりで偉そうにしていた私ですが、実はあまり何も知りませんでした。「くだらないこと」はたくさん知っていたと思います。「大切なこと」を知りませんでした。ただ働くことだけが大切。と思って過して来た私に、「月を見る」「花を見る」「季節を感じる」などの心の豊かさはまるでなかったように思います。そんな素敵な大切なことをこの歳まで知らなかったのですから残念です。夕食後、母と外に出ました。母と満月の写真を何枚も撮りました。遠すぎて上手く撮れませんでした。

十月五日、教授回診です。私は杖をついて歩いて見せました。もう少し。もう少し。

そうして、**二〇〇九年十月十四日、**生まれて初めての経験をして、いらついたり、甘えたり、泣いたりしながらたくさんの方々にまたお世話になって、金木犀が香る素晴らしい秋晴れの中私は退院出来ました。また二か月の入院生活でした。朝迎えに来てくれた妹に「いいちゃん、退院嬉しい？」と聞かれました。

嬉しいことは間違いないのですが、まだ不安で不安でたまりません。私はまだ「治る」ということのスタートラインに立ったくらいかもしれません。

その日の夕方、本当はもう歩きたくなかったけれど「歩ける！」と言って母と近所のスーパーへ行きました。もちろんスーパーまでは母が運転の車です。歩くのはスーパーの中だけです。それでもとても大変な作業でした。母をがっかりさせたくなかった、と言うより「頑張りたい！」と思いました。これからもこうやって自分の身体に鞭打って「頑張るべきだ！」と思いました。これから起こる事柄をひとつずつ受け止めて。それが前へ進むということだと思いました。まだ始まったばかりです。

その後、**十月二十八日**、整形外科受診。ステロイド朝昼５㎎夜４㎎、**十一月十三日**、腎臓科受診。ステロイド朝昼５㎎夜１㎎、**十二月十一日**、膠原病内科受診。ステロイド朝夜５㎎になります。夜がなくなりました。本当に少しずつ、少しずつです。

手術の日々　終わりが見えへん

その後の私は翌年、二〇一〇年二月に右目白内障手術。二週間後、左目白内障手術を日帰りで受けます。ステロイドの副作用で白内障になる確率が高いということで定期的に眼科での受診が始まっていましたから、何度目かの受診で「なり始めていますね」と言われた時はさほど驚きませんでした。それより私はその頃「白内障」の意味も知りませんでした。「前田さんは病気の影響で進行が速い。このまま帝大病院で手術を待っていたら失明してしまいます。定期的にここから医師が出向している病院でお宅から一番近い病院を紹介しますから、早急にそちらで手術を受けて下さい」

先生方は「失明」「手術」と簡単におっしゃいます。これから何回の手術を受けるのか解らない私です。やはりそうなんですね。私の病気は。骨だけじゃない。どこもかしこも壊れるんですね。どこまで壊れたらゴールですか？　誰か教えて下さい！　誰か助けて下さい！　誰か止めて下さい！　叫んだって誰も答えはくれません。

淀の病院を紹介されました。とても寒くて術後片目で杖をついて病院に通うのは大変でした。手術は十分ほどで終わりましたが、顔にシートをかけられて、とても強い光を当てられ、眼球のみの麻酔ですから先生方の声もすべて聞こえます。先生が「あれ？」とおっしゃれば「何？」と思わず反応してしまいます。メスが入る瞬間は麻酔をしているはずの眼球も痛くて思わず声が出てしまいます。全身麻酔による手術の経験しかない私にはとても恐ろしい時間だったのを忘れません。

でもおかげさまで私はコンタクトレンズなしで目が見えるようになりました。

「いくらでも視力は良くできますよ！」

「でもあまり遠くまで見えるようにすると前田さんの年齢ですと老眼が出てしまいます」「なるほど」

「ほっといて欲しいわ！」

「そうならない程度に調整しておきますね」

「お手数お掛けします」

手術が終わって二、三日後、眼帯を取ったら、今までわら半紙のように見えていた紙は真っ白でした。前向きに考えましょう！　コンタクトレンズなしで暮らせるようになるなんてありがたいことではありませんか！　そんな風に思うしかありません。そんな風に考えた方がきっと楽です。歳をとったらほとんどの方が受ける手術です。私はそれが少し早かっただけです。前の手術、これからの手術のことを思えばこんなことぐらいきっと大したことではありません。本当にその時の私はそう思うしかありませんでした。

二〇一〇年四月二十五日、突然伊東先生から電話がありました。

「五月二十四日、右膝手術します」という内容です。心の準備が出来ていません。仕方ありません。両肩、両膝ともに壊死と伝えられていましたから、この日が来るのは当たり前のことです。この段階を越えなければ治らないのです。いつか来る日です。逃げても、拒んでも来る日です。

五月二十日また私は入院しました。もう入院は慣れたはずなのに面会時間の終わりを知らせる「燃えよ燃えろ」が流れるとやはり涙がこぼれます。皆もう帰っていましたから、一人だったから思い切り泣きました。カーテンを閉め切って泣きました。母が私の好物のおかずをタッパーに入れて置いて帰っていました。それを食べながら泣いていました。

その時の「入院診療計画書」も病名、SLE、両上腕骨骨頭骨壊死、両脛骨近位端骨壊死でした。

次の日から麻酔科説明、手術説明、術前リハビリ、膠原病科受診、もう慣れたものです。

二〇一〇年五月二十四日、右膝手術。

入院した日から隣のベッドにいらっしゃった女性、この日まで何も会話することのなかった女性から手術室に向かう時、「頑張って!」と声を掛けられました。冷静を装っていた私が少し動揺したのを覚えています。この頃の私は相部屋で手術に向かう方々に声を掛けることはありませんでした。「知らん顔」をしていたと思います。だから余計に動揺したのかもしれません。

今回は朝九時手術スタートです。麻酔が効いたまま個室に移ります。緊張して待っている時間が短いから「早く始まった方がいいね」と母と話していましたが、昼過ぎに個室に戻ると、とてもとても長い時間夜が来ません。以前同様、身体中にいろいろな管が付いています。身動きすることすら出来ません。お水も飲めません。次の日の朝まで食事抜きです。辛い時間はとてつもなく長いものでした。やはり昼からの手術の方がよかったのかもしれません。皆クタクタのようでした。次の日もやはり身動き出来ず過ごしました。

三日後、**五月二十七日**、またリハビリ開始です。その日私は三十八度熱がありました。やるしかない！以前同様バーにつかまって「歩け！」と言います。やれば出来る！　歩ける！　もう泣いていません。私は歩きます。これで「雑巾掛け」が出来るのです！

術後一週間、**五月三十一日**、今回は「二〇九号室」、相部屋にお引越しです。とても綺麗なお部屋「二〇三号室」に行きたかったのですが満床で無理でした。

六月一日、夜九時半ごろ病室にみえた伊東先生との会話です。大腿骨が少し痛いと訴えた私に、「レントゲンの結果などみて、まだ当分大丈夫ですよ。大腿骨はかなり時間がかかります」

「時間がかかるということはいずれ壊死するということですか？」

「今までの統計ではそうです。壊死は大体の場合、大腿骨から始まるのが普通なんです」

「だから私は大腿骨を注意してずっと観察していました」

「でも、これは私の勝手な意見ですが、前田さんの場合、発症してから二年、大腿骨の白い影にまるで進化がない。だからこれで止まるかな？　と思っているんです。あくまでも私の意見ですが」

「解りました」「膝を治すことに集中します」それを願い続ける先生と私がいました。

「死んで行く」骨がどんどん「死んで行く」そんな恐ろしいことがあるのでしょうか？　もうこれでいいじゃありませんか。肩と膝は死にました。足首も死にかけていますが、先生は「まだ大丈夫」とおっしゃいます。だから後一回手術したら、肩を人工関節にしたら終わりでいいじゃないですか。神様まだだめですか？　まだ殺しますか？

そういえば二年前に私が検索したステロイドの副作用に「大腿骨壊死」というのがありました。


六月七日、抜糸の日。とても怖かったのですが何も痛くありませんでした。抜糸してくれたのは伊東先生です。

二〇一〇年六月十一日の日記より。

同じ病室のエリカちゃん十八歳だという。足の付け根あたりに悪性腫瘍が出来て手術が困難らしい。「可哀想」の一言で片付けられる問題ではないが、今はその言葉しか見つからない。

とても可愛い！　とても優しい声で話す。その子がある日声を荒げる。母親に対して「うるさい！　うるさいなあ！　わかってる！」抗がん剤治療で辛いはず。

本当に解っているのだろう。本当にイライラしているのだろう。私達健康な家族ですら、よくある、よく聞く風景。歳を重ね病気になって心から母に悪かったと思う。思いながらまだやっているけど、お互い今心の底はきっと「わかっている」


ここで私は「健康な家族」と書いているのです。なぜか解りません。たぶんエリカちゃんの苦しみに比べれば、私たちは本当に「健康な家族」だと思っていたのかもしれません。少し足は不自由ですが、毎日美味しくご飯をいただくことが出来ます。すぐに歩くことも出来るようになるはずです。それがきっと普通で「健康な家族」なのでしょう。

この日、膠原病内科受診の日、ステロイドは減りません。「慌てると全身性エリテマトーデス再発の可能性は七十パーセントですよ！」先生はおっしゃいました。ゆっくり、ゆっくり普通になって行きましょう！

この頃です、娘が以前からお付き合いしていた方と「結婚したい」と言いました。親らしいことはあまり出来なかった私です。でもそれほど卑下することもありません。愛し方は間違えていたかもしれませんが、誰よりも私なりに息子と娘を精一杯愛して来ました。だから、きっとそんなには嫌われてはいないと思います。娘がお嫁に行く前に少しの間二人で家のことがしたいと思いました。私も仕事に追われあまり何もしてこなかったから余計に思いました。今だから思いました。子供のために、家族のために、皆が笑うために、皆が助かるために、皆が喜ぶために、何年か後に娘にそれを解って欲しいから、この家にいる最後の時間を少しだけ二人で欲しいと思いました。早く治してそれまでの残りの時間を娘と過ごしたいと心から思いました。手術は後一回。きっと後一回。そうすれば少しだけ普通になれるはずです。そうしたらきっと最後の時間を娘とたくさん過ごせるはずです。

六月十八日、左肩手術の前にたった一週間ですが、一旦退院です。病院側にもいろいろ事情があるのでしょう。どうでもいいです。少しだけわが家に帰れることが嬉しくてたまりませんでした。もう杖をついて歩けます。

一時退院の前の日、リハビリ室に行った時のことです。真宮先生がおっしゃいました。

「肩の手術が終わったら床から立てるように練習しましょう！」

「旅館にも泊まれるようになるよ！」

「お布団を敷いて寝られるから！」

嬉しかったあ！　旅番組などで、当たり前のようにいろいろな食事を頬張って「美味しいですね！」なんて言ってから立ち上がって次の場所へ。その頃私はそんな番組を観て、何か遠い世界のように感じていました。

娘とこゆきに迎えに来てもらい、美容院に行って髪を切りました。またすぐ入院して手術です。だから髪を切りました。手術が終わったらリハビリ頑張らなければなりません。床から立ち上がる練習が待っています。だから髪を切りました。

一週間の与えられた自由時間、妹は私をデパートに連れて行ってくれました。サービスセンターで車椅子を借りてデパート探検です。車椅子を押してもらっているのは私です。「もっと見たいな」と思っても車椅子はドンドン私の意志に反して進みます。メガネも買いました。白内障の手術の時、老眼にならない程度に視力を調整してもらっていましたから遠くまで見るにはやはりメガネが必要でした。母とショッピングモールも行きました。やはり車椅子です。お洋服も見ました。靴も見ました。見ただけです。本当に久しぶりです。今まで当たり前だったこと、でもあきらめていた所へ、皆が連れて行ってくれました。それはとても嬉しかったけれど、やはり車椅子ではなく普通に行きたい！　自分の速度で自分の足でここへもう一度来たいなと心から思っていました。

たった一日おとなしく家にいて、私は箪笥の整理をしました。左肩も治って腕が上がるようになったら、着られる服も増えるような気がしてウキウキしていたのだと思います。やはり怖いけど、そんなことが楽しみでした。おしゃれがしたい！　そう思いました。ひとつずつ治って行くことが嬉しくてたまりませんでした。

両膝はとても怖かったけど、それが済んだら、肩なんて大したことありません。肩の手術なら次の日からだって歩く練習がきっと出来ます。床から立つ練習。真宮先生と約束したから早く元気にならなければいけません。娘が結婚する前に二人で家のことをしなければなりません。

整理していたら、娘の成人式の写真が出てきました。懐かしくて、いつまでも眺めていました。帰って来た娘に「こんなものが出て来たよ！」「可愛いね！　彼氏に見せようか？」という私に「恥ずかしいからやめて！」「片付けて！」と娘は言いました。やはりそうだったんだね。気が付かなくて「ごめんね」

そんな風に一週間は終わりました。**六月二十四日**、また入院です。あっという間の一週間でした。やはり母は寂しそうにしています。今回は妹の息子恭司が病院まで連れて行ってくれました。相変わらず私より緊張している母です。何回たっても慣れてくれません。関西のおばちゃんの長男、恭司がそんな雰囲気を吹き飛ばすように運転中笑わせてくれて助かりました。後、何回手術したら普通になれるのでしょうか？

母が笑って過ごせるのでしょうか？　私の予定ではこれで終わりです。その予定です。

今回の「入院診療計画書」には全身性エリテマトーデス、両上腕骨骨頭骨壊死でした。両膝の壊死は治療済だからでしょうか？　そうです！　人工ですが私の膝はもう壊死していません。「雑巾掛け」が出来る足なんです。

六月二十六日もう何回目でしょうか？　手術の説明の日。この日も娘は横にいてくれました。こうして入院していた方が娘とゆっくり話す機会が多いのです。それが少し嬉しい私がいます。

二〇一〇年六月二十八日、左肩手術。


目が覚めると肩が痛くて痛くてたまりません。麻酔の管が抜けていました。

「大したことはない」と思っていましたが、やはり当日は辛くて、だるくてたまりません。

肩の関節を脱臼させるのに大分時間がかかったようでした。予定時間を大幅に超えても手術室から出て来ない娘を思い、術後母は理由を求めて伊東先生に噛みついたそうです。

「何でわざわざ脱臼させるんですか！」

「一旦外さないと人工関節が入りませんよ」

「そうですね」「すみませんでした」

後から母に聞いた先生との会話です。

六月二十九日母の妹「モモちゃん」がまた来てくれました。いつも辛そうな母が笑っているので、安心します。とてもしんどかったのですが二人に心配をかけてはいけないと思い、私は精一杯元気なふりをしました。もしかしたら、そういうことが大切なのかもしれません。早く元気になれる方法なのかもしれません。

レントゲン撮影のため病室を出ると、病棟の廊下に誰かが持って来た七夕の笹がありました。患者さんたちが、各自願い事を書いて吊るしていました。以前の私ならきっと笑い飛ばしていたと思います。子供じゃあるまいし、皆何してるの！　と思ったはずです。でも私は笑えませんでした。それを見て私は泣いていました。「私の今の願い事って一体なんなんだろう？」泣きながら考えていました。

七月二日、この前お願いして断られた「二〇三号室」に引っ越しました。とても綺麗なお部屋です。

二〇一〇年七月二日の日記より。

子供の頃からかな？　いじめられるのが嫌い。馬鹿にされるのがいや。

子供の頃からかな？　尊敬されるのが好き。憧れられるのが好き。

当たり前やんな。誰でもそうや。

でもこういうのって疲れる。

今は違う「こいつ気が狂ったのか？」って言われる位馬鹿にされたい。

泣きたい。泣きたい。

声を出して泣きたい。

でもたぶんしないだろう。弘子には出来ないだろう。


二〇一〇年七月六日の日記より。

気に入った！「クッソー‼」って良い言葉だ。

自分自身に腹が立つ時も、他人に腹が立つ時も、泣きたい時も、笑いたい時も、落ち込みたい時も、自分に元気を付けたい時も使える！

「クッソー！」「クッソー‼」「クッソー‼」


七月七日、看護師さんが七夕の短冊を私にも持って来て下さいました。

「前田さんも何かお願い事、書いてみない？」私は精一杯の思いを短冊に書きました。

「ハイヒールを履いて歩けますように」

書きながらまた泣いていました。この日の夕方はビックリするくらいの夕立でしたが、その後は綺麗に晴れていました。彦星さんと織姫さん会えますね！　どうぞ私の願いを叶えて下さい。

翌日、**七月八日、**忘れられない日です。朝一番伊東先生が病室にみえました。

「何もかも悲しいお知らせです」

そんな風に始まりました。解りやすくて良い、と思いました。

「大腿骨の壊死が始まっています」

頭がボーっとしました。先生の前で少しだけ涙が出ました。たぶんその時一人だったら声を出して泣いていたと思います。「クッソー!」「クッソー!」小さな声で何回も言いました。誰にも聞こえないように言いました。七夕の短冊なんて、少しも願いを叶えてくれないじゃないか!「クッソー!」その夜、娘からメールが来ました。

「大丈夫だから、エリが支えるからまっすぐ立とう!」

私の身体の壊れていくのを最初から目を背けず見つめ続けてくれた娘です。朝となく晩となく私は一日中そのメールを見て過ごしていました。そしてそのメールが消えないようにブロックしました。ずっと見ていました。

七月九日、膠原病内科受診。ステロイドは減りませんでした。

また悲しむから、母にはしばらく内緒にしよう、と妹と話していましたが、たまたま病室にみえた先生が当然知っていると思っていたのでしょう。母に大腿骨壊死の件を話されました。仕方ありません。近い内にどうせ解ることです。

その時の母はさほど驚いた顔もせず、というより何が起きているのか、これから何が起こるのかあまり理解していないような表情に私は見えました。

蒸し暑くてたまらないそんな日々、飲み水と着替えを入れた古いキャリーバッグを引いて母は病室に来ます。地下のローソンで買った素麺を食べて、またそのキャリーバッグに空になったペットボトルと洗濯物を入れて引きずりながら振り返らずに帰って行きます。その後ろ姿を見て私はいつも泣いていました。わが子がこうなるということはどういうことなのでしょう？　想像は出来ます。息子や娘に置き換えれば解ります。だから母の前では泣かない私です。母が帰った後に泣くと決めています。私よりずっと辛いのでしょう。そんな生活が続きました。

七月十四日の日記より。

父から手紙が届く。いろいろ考えていてくれる様子。

皆励ましてくれる。慰めてくれる。

でも誰も答えを教えてくれない。

当たり前だよね！

自分で考えて結論を出さなければいけない。

七月十五日、リハビリの結果、両足百三十五度曲がるようになりました。百三十五度がどれほどのものか私には解りません。

「後どれくらい曲がればいいですか?」

「もうこれで充分だと思いますよ」真宮先生。

「洋式の生活をして行くには何の問題もありません」

要するに大腿骨が壊死した今、ソファーに座り、洋式のトイレに行き、ベッドで寝て、ダイニングテーブルでご飯を食べるには百三十五度という角度は何不自由ないらしいのです。「旅行だって行ける。旅館だって泊まれるって言ったやん!」

「雑巾掛けだってすぐ出来る! って言ったやん!」

旅行は行けると思います。ベッドの部屋もあるんですから。でもそういうことではなかったと思います。普通の事柄。当たり前な事柄。とても楽しみだった事柄。畳に寝そべって、用があったら立ち上がり歩く。どうやらそんなことはもう無理なようです。気付いたら私は先生を睨みつけて泣いていました。先生はそれ以上何もおっしゃらず、ただうつむいていました。先生が悪いのではありません。私の身体が勝手に壊れて行くのです。死んで行くのです。先生とあの日約束した床から立つ練習はもちろんなくなりました。あの日、先生が「出来る!」と言った「雑巾掛け」はもう出来ません。「雑巾掛け」はたぶん和式です。洋式は「モップ掛け」かな? そんな馬鹿なことも考えました。あの時とても嬉しかったから余計悲しかったと思います。思い知らされました。いろいろ出来るようになって来て自分勝手にうかれていましたが、この日、私がひとつあきらめた瞬間だったかもしれません。あきらめたくないけど、あきらめなければなりません。

病室に帰って泣きました。ずっとずっと泣きました。カーテンをまた洗濯バサミで留めて泣きました。

七月十七日の日記より。

最近、何の理由もないのに、朝起きると涙が出る。
何かわからない、何かに追われている。
怠け者の私がきっといつも何かから逃げているから、追われるのだと思う。
逃げないで、逃げないで、真正面から向き合わなければいけないことがたくさんある。
たくさん、たくさんある。
生活のこと、仕事のこと、病気のこと、母のこと、これからの人生のこと。
今まで誰にも頼って来なかったからバチが当たった。誰も頼る人はいない。
涙が出る。涙が出る。泣いて。泣いて。
朝ごはんの時間になったら笑ってカーテンを開けよう。

七月二十日の日記より。

「海の日」ってなんだ？

正弘さんに手紙の返事を書こう。

七月二十二日、先生が病室にみえます。

「レントゲン、ＭＲＩの結果、術後両足とも歪みなし」「問題なし！」

○却に曲がっていた両足が真っすぐになっていると妹が教えてくれていました。

「足首、大腿骨両方は、やはり壊死が少しずつ始まっています」とおっしゃいました。少しずつです。止まれ！　止まれ！　止まってくれ！

七月二十三日の日記より。

「燃えろよ燃えろ」が流れた。これを聞くのも明日で終わり。

最初の日、やっぱりこれを聞いて泣いたっけ。

でもこれで終わりではない。

弘子はもう普通には戻れない。

でもせめて人並みになれるまで何度痛い目をするんだろう。

何度アイちゃんを泣かすんだろう。
ちょっと贅沢な病室でいつも二人並んで晩御飯を食べた。
夜はいつも一人だった。
二か月が終わる。
またいつ泣かすのかな？
弘子も泣くのかな？
ペコも瑛梨も本当にありがとう。

二〇一〇年七月二十五日、こうして六回目の手術を終えて私は退院しました。退院の前エリカちゃんのママに挨拶に行きました。壊死の件、「進みませんように」ママは私の足の付け根を撫でながら何回も何回も言って下さいました。もっと辛い大変な思いをしているママです。毎日エリカちゃんのベッドの下にお布団を敷いて寝ています。いつものことですが今回も皆に支えられて、いつも誰かに支えられて、誰かと励まし合って、誰かを励ましてここまで来ました。雲ひとつない青空でした。飛行機雲が一本ありました。今回もよく泣きました。でも人がいるから、いつも誰かが見ているから、恥ずかしいから涙を拭いました。入院とはそんなものだと思います。一人では決して乗り越えられないものなのだと思います。「これで終わり」と祈った手術でしたが、どうやらまだ終わってはいないようです。

神様後、何回ですか？　後、何回で普通になれますか？

八月六日、膠原病内科受診。ステロイド朝5㎎夜2㎎になります。

九月十五日、また入院です。

二〇一〇年九月十七日、以前から右耳下腺にあった腫瘍の切除手術を受けました。この手術だけは今回の病気とは関係ありませんでしたが、手術が怖くてずっと逃げて来たものでした。日に日に大きくなっていて高田病院時代から先生方が心配されていました。あの頃はやせ細っていましたから余計目立ったのだと思います。今はステロイドの影響で顔がパンパンなので、何も目立ちません。帝大病院に最初入院してからも数々の検査を受けていました。ＭＲＩ、また患部に直接針を刺して細胞を調べたりしていました。検査の結果、悪性ではないが多形腺腫とのこと、今後どんどん大きくなり、長い人生で癌に変わる可能性がある。「早い目に取りましょう！」とのことでした。「何で私ばかり！」「もー！　何でも、どこでも切ったらいいやん！」と少々僻みましたが、段々手術に慣れて来た私でしたからお願いしました。入院の日、妹一家と娘と病院に向かいました。娘と妹がまた一緒に手術の説明を聞いてくれました。私は場所が場所ですから、とても心配でした。

耳鼻科の先生「最善の注意を払いますが、神経の多い箇所なので最悪の場合顔面神経を傷つける可能性があります」

「まっ、そのリスクはかなり低いですから、安心して下さい」

「それと、唾液腺ですので唾液の出方が変わる場合があります」

「酸っぱい梅干しなど見た時自然に唾液が出ますよね？　それがこめかみあたりから出る可能性もあります」

「……？」「怖い……」

「何かご質問はありますか？」先生。

「傷口はどのように付きますか？」私。

「大丈夫ですよ！　耳の後ろに沿わせますか？　顔に出ますから、ほとんど目立ちませんよ。他にご質問は？」先生。

「いいちゃん！　いいよね！　こめかみから唾出ても。大したことじゃないよね！」妹。

「先生取った腫瘍見せていただけますか？」娘。

一緒に大きくうなずく妹。

ビックリしました。やはり私の娘と妹です。この時もただの野次馬でした。でも、いつも二人がそうだから私は元気になります。笑ってしまいます。

入院当日、耳鼻科のお風呂には整形外科のような高いバスチェアーがなく、どこからか看護師さんが借りて来て下さった椅子に座り、その椅子が壊れていて、私が落ちて大騒ぎでした。申し訳ない。看護師さんたちが次々にお詫びにみえました。翌日、整形外科に逆戻り。全身のレントゲンを撮っていただきました。幸いどこにも異常なし！　看護師さんたちは本当に安堵されていました。

手術の日、麻酔から覚めると初めて息子がいました。心配そうに少しおびえた表情でベッドの横に座っていました。私の手をしっかり握って座っていました。後ろで娘が笑っていました。

「大ちゃん！　ちょっとローソン行って来るからお母さん見ててね！」

「え？」「僕一人？」「早く帰って来てよ」「おかん！　瑛梨すぐ帰って来るからね！　僕いるからね！　大丈夫だからね！」

術後、まだ酸素吸入器も付いていましたから、彼は恐しかったのだと思います。麻酔から覚めてまだ朦朧としていましたが、可笑しくて可笑しくてたまりませんでした。

いつも手術の時いない息子は娘に怒られていたようです。いやでいないのではありません。怖いのです。息子は怖がりです。特に血を見ることが一番苦手です。会社の健康診断で採血があった時、気を失って倒れたことがあります。倒れて頭を打って、血が流れてさらにパニックになって冷酷な私たち家族に大笑いされたことがあるほどです。娘は「親やろ！」と叱ったそうです。親らしいことなんて何もして来なかったのに、ありがたくて、照れくさい、そして、嬉しい言葉でした。

都合のいい日は抱きしめて、都合の悪い日はほったらかして、ここまで来たように思います。「親」と言ってくれてありがとう！　ごめんね！　もう間に合わないかもしれませんが、やっぱりこの世の中で一番愛おしくて愛しています。「瑛梨、お兄ちゃんを叱ってくれてありがとう」「大祐、頑張ってくれてありがとう」腫瘍を取るだけですから一週間での退院でした。

退院は嬉しかったのですが、もっと嬉しいことがありました。エリカちゃんがリハビリ室に来ていたのです。

耳鼻科でのリハビリはありませんが、病院にいる間、作業療法、理学療法ともに私はリハビリ室に通っていました。元気そうとは言えませんでしたが抗がん剤治療の後、体力を取り戻すためにエリカちゃんは一生懸命頑張っていました。歩いていました。あの日からずーっと頑張っていました。私が家でボーっとしている間ずっと頑張っていたのです。エリカちゃんは抗がん剤の影響で抜け落ちた髪を隠すためにいつも淡いピンク色のニット帽をかぶっていました。パジャマもピンクです。とても可愛くてピンクがとても良く似合っていました。私は退院して家にいる間に、ピンクのタオルのハンカチをエリカちゃんに買っていました。それを渡すことが出来ました。エリカちゃんは弱々しいですが素敵な笑顔で喜んでくれました。

九月二十二日、「明日退院する」と私は言えませんでした。手を振って別れました。どうか、どうか頑張って。これから辛い治療がたくさんあるだろうけど頑張って。どうか、どうか元気になる日が来ますように。心の底から思いました。

そしてその日はお月見でした。天気予報は雨でした。晩御飯が終わって母と外に行きました。曇り空。月は見えませんでした。五十年生きて来てこんなに月が見たいと思ったことはなかったように思います。

九月二十三日、この前までとても暑かったのに、いつの間にかすっかり秋になって、顔の神経が切れることもなく、こめかみから唾液が出ることもなく、妹とこゆきのお迎えで私は退院しました。

妹と娘はちゃんと腫瘍を見せてもらったそうです。

「いいちゃん、サザエの中身みたいだったよ」しらっと妹は言います。私は見ていません。あまり見たくありません。今年もまた、母の誕生日もお月見も、私は家にいませんでした。

大丈夫！　そう思うしかないやんな

一月十八日の日記より。
時々ある。
理由はともあれ、
声を出して泣きたい時がある。
しょーもない理由で声を出して泣きたい時がある。
エーンエンエン、エーンエンエン、
赤ん坊のように泣いてみる。それでいい。それで終わり。
二〇一一年四月一日、ステロイド朝5mg夜1.5mg。
五月六日、朝5mg夜1mg。前を向いて一歩一歩です。
七月二十四日の日記より。

アナログ放送終了。
何か私の中でも終わる

七月二十六日の日記より。
瑛梨、いろいろ話し始める。
彼に不満をぶちまけたらしい
「一緒に住もう」と言われた様子
微笑んでる。それでいい。
微笑んでいることが嬉しい。

二〇一一年七月二十七日、伊東先生受診日。次の手術は八月二十二日とのこと。また死んでしまった大腿骨の手術です。この頃の私はもう大丈夫でした。大丈夫というより前へ進みたい。前へ進む姿を娘や息子に見て欲しい。ただそれだけでした。

八月十四日、私は妹にお金を預けました。また母の誕生日も息子やこゆきの誕生日も、もしかしたら娘の誕生日も私はいません。プレゼントを買っておいて欲しいと私は妹に頼みました。何を買うかも決まっていました。普通の生活をしていたら、たぶんそんなこと何も考えずに私は過ごしていたでしょう。またいなくなるから揃えておきたいと思いました。私がいなくてもちゃんとしたいと思いました。もう誕生日で騒ぐような歳では皆ないけれど、いなくなるから余計に思ったのかもしれません。

八月十五日、伊東先生から電話があります。手術二十三日に変更とのこと、無意味に一日延びました。

入院前日の夜、またしばらく食べられないからと、妹一家が焼肉に誘ってくれました。そこにその頃の料理長「すーさん」から携帯に電話が来ます。スタッフ同士がもめているらしいのです。

「姉ちゃん！　後で後悔するよ」「行った方がいい」と弟が言います。

明日から入院でしたが焼肉屋さんから直行で娘の運転で店へ行きました。夜に呼び出されるなんて初めてです。無意味に延びた一日ではありませんでした。有意義に延びた一日でした。不思議です。今回はまだ経験していない箇所の手術ですが、もう怖くなんてありません。

「また行って来ます！」「バイバイ！」

八月十九日、入院。いつも夕飯までいる母ですが、もう私は大丈夫です。なぜだか解りません。きっと少しだけ自分の壊れた箇所を治すことに前向きになったのかもしれません。母には昼過ぎに帰ってもらいました。母はいつものように疲れていました。なぜか一人でホッとしていました。ここなら大きな顔して、じっとしていても許される。家でじっと座っていても誰にも怒られる訳ではないけれど、どこか後ろめたさが絶えずありました。夜一人で聞いた「燃えろよ燃えろ」もう私は泣いていません。私の居場所のカーテンも大きく開いています。洗濯バサミはもう使いません。

この時の「入院診療計画書」は全身性エリテマトーデス、両大腿骨頭壊死でした。

八月二十一日、手術説明。いつものように妹も娘もいてくれました。

二〇一一年八月二十三日、右股関節手術。

いつも通り朝早いのに、八時三十分全員集合してくれました。後は病室に戻るまでなにもわかりません。覚えていません。

目が覚めてからも大腿骨の手術ですから、寝姿勢を変えることも出来ません。辛いと時々来る看護師さんがクッションを使って身体の向きを変えてくれます。「前もこんなに辛かったかな?」一年以上ぶりの手術です。もう辛くない！　大丈夫！　と、いきって入院しましたが、それはとても辛い時間になりました。

思っていたより骨がもろくなっていて人工関節を入れる時、骨にひびが入ったとのこと。レントゲン写真には、ワイヤーでグルグル巻きにされた股関節が写されていました。

いつの手術からだったでしょうか、皆が疲れ果てて帰った後、仕事が終わった妹の旦那さまがいつも来てくれて、私の目が覚めるまで心配そうに見てくれていました。その時も目が覚めるとそこに彼は座っていました。「暑い！　クーラーこっち向けて！」などいろいろ言って、その作業をして彼はすぐ帰って行きます。後ろ姿に「ありがとう」と言いました。

麻酔から覚めた時、家族は「いつもほど顔、腫れてなかったよ」と言ってくれました。「普通だったよ」とも言ってくれました。嬉しかった！　術後ろくに食事も出来ていないしどれほどやつれたかな？

術後二日目、**八月二十五日**、母と妹が鬼のような形相で見守る中、車椅子に移る練習をしましたが、どうしても出来ません。「右足に力を入れてはいけない」と看護師さんたちはおっしゃいます。難しい。おしっこの管をもう一日そのままにしていただくようお願いしました。

だるくて、辛くてたまりません。一日中寝たきりで過ごしました。熱も三十八度以上が続きます。やはり肩や膝とはまるで違う大変な手術だったようです。

八月二十六日、三日経ってもまだ熱が下がりません。辛くて仕方ないのです。でもいつまでもそんなこと言ってたらきっとだめなんです。少しだけリハビリも行ってみました。

そして大腿骨を人工関節にすることにこれからの人生たくさんの制限があることを教わりました。それは悲しくなるほどの制限がありました。「あきらめなければならないこと」が山ほどでした。しゃがんではいけない。座った姿勢で九十度以上腰を曲げてはいけない。足を組んではいけない。寝る時、トイレに入る時、お風呂に入る時あらゆる制限がありました。脱臼すると大変なことになるようです。

やっと一人でトイレに行けるようになった日、私は鏡でその顔を見ました。少し楽しみでした。黒ずんだ、腫れた醜い顔がそこにありました。「皆、気を使ってくれてありがとう」ベッドの戻るのに二十分かかりました。

八月二十七日、やっと寝ている時と起きている時の区別がつき出したと思います。それまではまるで夢の中にいるように朦朧としていました。

八月二十九日、突然病室に伊東先生がやって来ました。「相談したいことがあります」その様子は相談ではなく決定事項でした。五回も先生から手術を受けた私はその頃もう大体先生の目を見れば、本気か冗談か解るようになっていたと思います。次の手術、右足首ではなく左大腿骨にしようとのこと。その頃すでに両足首が壊死していましたが、股関節の方が緊急だったのでしょう。私の感情はその頃もう慣れていたのか？　麻痺していたのか？　さほど驚くこともなく素直にその「相談」を受け入れました。

その日の夜、朝からずっと待っていた息子がやっと現われました。やはりお土産に本を持っています。私が散々文句を言った後、息子が帰る時、車椅子を押してトイレまで連れて行ってくれました。そして彼とトイレの前で「さよなら」しました。長い時間をかけて、苦労して用を済ませてトイレから出た私の前に息子は黙ってまだ立っていました。心配して待っていました。これといって励ましの言葉も、労わりの言葉も、まして要領のいい言葉など何も言えない息子です。でもいつも黙って私を見ていてくれる息子です。

八月三十日、今度は「二〇四号室」、窓際に引っ越しました。

九月二日、伊東先生がいつものように朝、病室の一人一人に挨拶にやって来ます。それが終わると私の前にドカンと座りました。何ともないことを祈ってお願いした左膝のお皿のレントゲンを見た結果でした。そのお皿に歪みが出て来ていると話されました。右膝の手術の頃から徐々に見え始めていたとおっしゃいます。自分の身体の中は見えません。これから何が起こるのか？　どこが終わりなのか？　手術の必要は今のところないと先生はおっしゃいました。

九月九日、リハビリの落合先生が「私、前田さんを尊敬します」と突然おっしゃいました。「大変な手術に何回も耐えるし、明るいし」と。何度も耐えているのかなあ？　何度も泣いてもいいのかなあ？　もう結構泣いているけどな？　何度も耐えたというより、ひとつずつ終わったという印象でした。未だ終わってはいませんが。皆を安心させるために笑っているのかな？　皆十分もう心配しているのだから笑ってなくていいのかな？　違う！　これでいい！　きっとこれはそんなに大変な出来事ではないんだ。大変だったら弱音吐かないで頑張れる私じゃないもの。そんなことを考えていました。

九月十日、息子の誕生日。こゆきも誕生日。誕生日に家にいないのはもう四回目です。夜「燃えろよ燃えろ」を聞いていた時なぜでしょうか？　まだ皮膚科に入院していた頃、娘の車に携帯電話を忘れて、門限が過ぎて正面玄関の自動ドアが帰る人の方からしか開かなくなって、あちらとこちらに二人で立って笑い合い、誰かが出るのを待って、二人で必死に走ったのを急に思い出しました。見事に携帯電話を受け取って、あちらとこちらでバイバイと手を振りました。思い出して涙が出ました。今回の入院で初めて泣きました。あの頃の私は確かに走っていました。
辛いけど、しんどいけど私は泣かずにここまで来ました。

九月八日の日記より
六時三十分カーテンを開ける。
雲ひとつない青空。
両手で顔を洗いながら思う。
こんな簡単なことこの前まで出来なかった。

たった二週間がすごい。

二〇一一年九月十二日、左股関節手術。

朝目覚めて、思っていたより私は冷静でした。怖いというより早く終わりたいという気持ちが強かったのかもしれません。

麻酔から覚めた時、麻酔の効き過ぎでしょうか？　私の足はまったく動かず、まったく感じませんでした。「あまり続くようなら背中の麻酔抜くよ！」伊東先生。「やだー！」「頑張って動かすから抜かないで！」その後三日間それは続き、何をするのもどこに行くのも看護師さんたちに足を持ってもらって移動していました。

四日後、**九月十六日**、以前は一週間いられた個室をもう出なければならないようです。シーツ交換が終わった後、ベッドに戻ることが出来ずナースコールしていた私でしたから、とても不安でした。もう集団生活出来るのでしょうか？　また少し涙が出ました。泣いている場合ではありません。頑張らなければいけません。じわじわ足を動かして一人で二回トイレに行ってみました。もうナースコールはしません。甘えたいのなら、甘えられます。甘えなければ何とかなります。もう甘えてはいけません。そんな思いをたくさん抱えて思い出いっぱいの「二〇三号室」に私はまた引っ越しました。
私は少しずつ、無理矢理前を向きました。大丈夫！　大丈夫！　前を向いて治り続けるしかない。と覚悟した日です。

九月二十日、いよいよリハビリが始まりました。もうしばらく手術はありません。歩くしかありません。治し続けるしかないのだけれど、本当に治るのかな？　さあ！　今日から病院のピンクのパジャマはもうやめましょう！　Tシャツに着替えましょう！　それが「元気になる」ということです。「元気の見える」ということなのかもしれません。

九月二十六日の日記より。
当たり前に出来たことがある日突然出来なくなり、
出来なくて当たり前になったことが少しずつ出来るようになる。
両手で顔を洗う、布団から出る、ベッドに登る、降りる。心の底から思う。
モデルのように歩きたい。昔みたいに。
笑われるね。
顔もスタイルも何もモデルじゃないけど、
颯爽と歩いてたんだ、

昔は、きっと。

病院で暮らすと、いつものことですが、いろいろな方とお知り合いになります。いろいろな人生を見ます。私よりだいぶ年配の方々が前を見て「歩く」という、ただそれだけのことに真剣に取り組まれています。杖をついて今日も廊下をそれだけのために皆、一生懸命前を向いて歩く練習をしています。サボっている私の病室の前を何回も往復されます。私も見習わなければいけません。あの方たちより私はまだだいぶ若いじゃないですか！「痛い！」とか「辛い！」とか怠けていてはいけません。泣くのをやめたこの入院から私にルームメイトが出来たように思います。やはり暗いと僻んでいると人は寄り付きませんね。いろいろなことを相談して、一緒に笑って、一緒に食べて、一緒に悩む仲間が出来ました。

九月三十日朝、伊東先生に退院の日を打診してみました。まだろくに歩けない私は退院したい、というよりもここにいていい時間を知りたかったのだと思います。次から次から手術を抱える整形外科はリハビリが長引きそうなお年寄りなど、よく転院されていました。仕方のないことですが不安でした。「後二週間。十月十四日！」先生はおっしゃいました。それまでに私ちゃんと歩けるように頑張ります。歩きます。翌日、看護師さんが微笑みながらパソコンの文章を読んで聞かせて下さいました。伊東先生から師長に宛てたメッセージです。「正面玄関まで歩けるようにしますので十月十四日退院させて下さい」「歩くことが出来なくても退院させてくれるけどね！」看護師さんと笑いました。**十月五日**、落合先生。「正面玄関はまだまだ遠いいわね」、微笑まれました。

退院の日が決まった私は一人で初めて車椅子に乗って地下のローソンまで行ってみました。行ってみたい！　と思いました。キョロキョロといつまでも何を買う訳でもなく見て回りました。そして私はやっとウエットティッシュだけを買いました。ただそれだけのことです。百貨店でもどこでも一人でうろついてブランド品を買いまくっていた私です。そんな私が子供の頃のような気分で、お買いものがとても楽しかったのです。財布からお金を自分で出して、商品を受け取る。肩の上がらなかった頃の私には車椅子に座ったままお金を渡すことが出来ませんでした。腕が届かなかったからです。そんな当たり前の事柄にウキウキしました。たぶんとても久しぶりだったからだと思います。今まで、地下のローソンは誰かに頼むか、誰かに連れて行ってもらうかでした。でも今日は一人で行ってみようと思ったのです。なにかドキドキしました。たったこんなことが嬉しいなんて、私はどうなってしまったのでしょうか？　可愛くなった、ということにしておきましょう。

日記には「あほちゃうか！」と書いていますが。

ある日、私の向かいにいるルームメイトが「あー焼きそばＵＦＯが食べたいなあ」と言います。私はまた一人でローソンに行きました。ＵＦＯ味のポテトチップが売っているのをこの前一人で見ていましたから私は知っていました。「買って来たよ！」彼女はとても喜んでくれました。「美味しいね！」皆で必死で食べました。

辛かったけれど、少しだけ前を向いた私は仲の良いルームメイトがたくさんでした。年上の方もいました。私よりずっと若いのにリウマチで苦しむ女性もいました。やはり一人で泣くより、皆で悩んで、皆で笑った方が楽しいことを知りました。UFO味のポテトチップをプレゼントした彼女が、後に出町柳で並んで大福餅を買って来てくれた彼女です。

十月七日の日記より。
来週の今日は退院かあ……
嬉しいような、嬉しいことは嬉しいけど
じゃあ、ここを出て何をする？
何が出来る？
またあそこにじっと座ってぬり絵するの？
何回入院しても、何回手術しても笑顔で走り回れる日なんて来ない。
でも何かしなければ、と思う。
そんなこと考えると、ここにいる自分が本当の自分のような、
ここが居場所のような気がする。

十月八日、後一週間で退院です。病棟の廊下を杖をついて一生懸命歩きました。リハビリでは悪い方の足と反対の腕で杖を持つようにと言われています。私は右？　左？　まっ、いいじゃありませんか！　両方練習しました。両方とももう出来ます。すごいです。気が付いたら、空いている方の手を誰にも持ってもらわないでも歩けます。「出来るのかな？」と思っていたこと、ちゃんと出来ます。もう少し私頑張ってみます。

十月十一日、病室に看護師さんがみえました。

「前田さん、十四日の朝で食事ストップしてますよ」

「二〇三のベッドも十四日から空きになってます」

翌朝とても早い時間、看護師さんが「退院計画書」を持ってみえます。大腿骨が人工関節になってしまった後の日常生活での注意点など話されます。当たり前のことです。それでいいのです。だけど、何だか少し寂しい私がいました。本当は嬉しいのに不思議です。寂しいなと思いました。やはり、ここにいる方が安心できるのかもしれません。看護師さんがまた伊東先生の師長宛てのメッセージを読んで聞かせてくれました。

「前田さん、十四日退院出来るんですよね？」

看護師さんたちと大笑いしました。その日、息子から「退院の日は迎えに行くよ！」とメールがありました。

娘は低い位置から立ち上がれなくなった私のために今より背の高いソファーを探し回ってくれていました。待ちに待った**十月十四日**朝。ロールカーテンが閉まっているのでお天気は解らないけどきっと曇りです。これからどうしよう？　いろいろなことを考えました。　今の私にはもうここが居心地の良い居場所だったのかもしれません。頑張れる場所でした。皆が励ましてくれる場所でした。甘えていい場所でした。でも本当の居場所に戻るのです。とにかく歩いてみよう。歩くしかありません。初めて手術して退院したの日と同じ日、すっかり秋になった日、私はまた家に帰りました。

十一月二十五日、 膠原病内科受診。ステロイド朝のみ6㎎。夜がなくなりました。

翌年**二〇一二年一月六日、** 膠原病内科受診。ステロイド朝5㎎になります。

先生はおっしゃいました。

「ステロイド5㎎以下になったら副作用は、ほぼありませんよ」

「完全にはとは言えませんが」「リスクはかなり下がります」

もう私は大丈夫です。これ以上私はきっと壊れません。壊れた所を治すだけです。きっと。それともう一言「これ以上太ってもステロイドのせいじゃありませよ！」「足に負担がかかるから気を付けて！」

「はい」「ダイエット頑張ります！」

二〇一二年三月十一日の日記より。

「乗り越えよう！」とよく言いますが何を乗り越えればいいのでしょうか？
前に壁かハードルか何かあるのでしょうか？
前はいつもまっすぐです。ただただ歩くしかありません。

あきらめてはいけないこと　お母さん、一人で歩くよ。大丈夫やで

二〇一二年六月十三日、娘の彼氏がわが家に来ます。

「瑛梨さんと結婚させて下さい」と言いました。長い間私のせいで待たせて、やっと娘が幸せになれる日が来ました。きっと私はもう大丈夫です。この子がいなくなっても歩けます。

それからの一か月は私にとって、とても寂しいけれど楽しい時間でした。つたない歩きで娘と二人いろいろな所に行きました。電気屋さんで電化製品を揃え、無印良品でカーテンなどを買い、樟葉に行って照明器具を選びました。この子が成人式の時、私がこの子にしたそれとは違います。二人で相談して二人で選んでそれらを揃えていきました。電気屋さんでは、冷蔵庫と洗濯機は彼女が一番欲しいものを買いました。

そろそろ歩くのが辛くなって座って待っていたら店員さんが私のもとにやって来ます。「お嬢さんが炊飯器は一番安いのでいい、とおっしゃっていますが、大丈夫ですか？」

「え！　瑛梨、あんたが欲しいのでいいんだよ」

「お母さん、これカッコいいよ。これでいい」

「ほな、アイロンも買おう！」「電子レンジは？」「掃除機もいるね！」

「買いに行こう！」

　気が付いたら私は歩き回っていました。足はパンパンに腫れてとても痛かったのですが、そんなこと全然気にならない楽しい時間でした。

「ポイントは瑛梨にちょうだいね！」

「え？　お母さんが買ったのに」

「お母さん電化製品なんてここで買う用事ないやん！」

　遠慮しているのか？　いないのか？　よくわからない子だけれど、楽しくて楽しくてたまらなかったのを覚えています。

　新居に電化製品や家具が届く日、とても暑い日。こゆきと初めて娘の新居に行きました。こゆきは一生懸命家具を組み立ててくれました。新居はまだ椅子がありません。こゆきが組み立て中です。十二ロールのトイレットペーパーに座って私はそれらを見ていました。そんなことが幸せでした。

　それが終わって娘と三人でこゆきのご褒美に焼肉屋さんに行きました。階段が登れない私は焼肉屋さんの裏にある、肉を運ぶ専用エレベーターに乗せていただきました。何か変な匂いがして、足元が脂でベタベタしたエレベーターでした。エレベーターを降りると二人が笑って立っていました。それで私はいいんです！　今の私はそんなことが嬉しいのです。

二〇一二年六月二十七日、伊東先生受診日、左足首手術の日は八月十三日に決まりました。

やはり足首の壊死も止まってはくれませんでした。

そして**七月十八日、**娘はわが家をあっという間に出て行きました。数えきれない思いを残して行きました。出て行ったと言うより、愛する人の所へやっと帰って行きました。私のせいでどれだけの時間待たせたでしょうか。あの子がいなくなっても、もう一人で歩かなければいけません。

大丈夫！　きっと大丈夫！　あの子の本当の幸せが今日から始まります。あの子の幸せを心から祈りました。

手術の前、妹の旦那さまとこゆきと少し前、娘と行った電気屋さんに行きました。「あーあ、ポイントやらなければよかった」手術の日、八月十三日は妹の誕生日です。妹の家でボロボロのトースターを見ていましたから、私はトースターを買いました。手術の日、妹に渡して欲しいと二人に頼みました。二人がどこに隠そうかと相談しているのを微笑ましくて眺めていました。二人はまた私を「天下一品」に連れて行ってくれました。今回は北白川の本店です。

近頃、家族の誕生日を大切に思う私です。忘れていた事柄をちゃんと振り返る私です。

手術前日、娘が用意した婚姻届けの保証人の覧に署名捺印して家に置きました。

二〇二二年八月十三日、左距骨下関節固定手術。

死んでしまった足首の関節に腸骨を移植して二本の釘で固定する。というものでした。少しだけでも足首が可動するよう先生が考えて下さったのだと思います。

この時から当日手術に変わります。手術室も中央手術室ではなく外来病棟の一番上の階にあるディサージャリーという日帰り手術室です。当日なので入ってすぐの小部屋に伊東先生と向かい合って座りその日の手術の説明などを聞きます。「どなたかご親族もお入り下さい」と看護師さんに言われましたが、やはり母は入って来ません。いつものように妹と娘の二人です。中央手術室のように大きくないので、手術着に着替えたら歩いて手術室まで向かいます。二、三日前に入院していろいろ構われるより気軽な感じで気に入りました。

この時いただいた「入院診療計画書」は「全身性エリテマトーデス　両距骨骨壊死」です。

術後は今までのことが信じられないくらい身体が楽でした。麻酔の種類が違うのでしょうか？　麻酔から覚めたら何を食べても何を飲んでもいいのです。アイスクリームも食べました。お昼に皆が残した、からあげ君も食べました。終了したらすぐ「二〇三号室」です。夕飯も食べました。動くことは出来ませんが、とても元気に夕飯を食べ終わった後「ありがとう！」妹からメールがありました。いつもいつもお世話になっているのは私です。あの家のキッチンに新しいトースターが置いてある所を思い浮かべていました。

翌日**八月十四日**、今まで見たこともない大雨で木幡池が溢れ、木幡大洪水とテレビが教えてくれました。「大祐、どうやって仕事行ったの?」と息子にメールしました。「ゴム草履で行ったよ」息子からの返信。すべて電車が止まっているという報道でしたから、私は交通手段を聞いたのですが、のんびりした息子です。通行止めの道だらけの中、その日何時間もかけて、母も来ました。妹も恭司も来てくれました。何だか皆疲れきっていました。

八月十六日夜、伊東先生が病室にいらっしゃいました。今回は難しい手術だったと前置きした後に、ワイヤー深く入れ過ぎたかも、釘深く入れ過ぎたかも、ミリメートル単位の話ですが、軟骨で大丈夫かも、くるぶしの裏に埋めた骨がくるぶしに当たって痛いかも。その後も聞いたこともない骨の名前がたくさん出て来てさっぱり解りません。でも私は大丈夫でした。これからは壊れて行くのではありません。確かに治して行くのですから。

今まで先生が私の横に座る時「悲しいお知らせ」が多かったように思います。でも、先生はそれぞれをすべてちゃんと治して下さいました。そして、伊東先生との長いお付き合いの中で私は先生を信頼していました。真面目な顔で「今回の手術は七十点です」先生はおっしゃいました。私は「高得点ですね」と言いました。そして二人で笑いました。

八月二十二日、娘から婚姻届けを出したと連絡がありました。本当に本当にみちたかさんの所に行ってしまいました。

八月二十四日、術後一週間でリハビリは始まっていましたが、落合先生は「もう歩くのやめよ」とおっしゃいます。右足への負担が多すぎるらしいのです。ただボケっと座って過ごしました。

八月二十九日朝、伊東先生が病室にみえます。レントゲンの結果、ワイヤーが抜けかけていると恐しいことをおっしゃいます。意味はよく解りません。「骨に異常がないかCTを撮ります」とのことでした。

八月三十一日、CT検査の結果、「ワイヤーがずれているのは間違いないが、さほど影響はない」斜めになった骨を手術でまっすぐにしたのにまた斜めに押しているらしいのです。まっいいじゃないですか。骨が元気にくっつこうとしている訳ですから。いつからか私はそんな風に考えるようになっていました。悲しんでも、落ち込んでもあまり何も解決しません。あきらめなくてもいいことはあきらめたくありません。私はもう何も怖くありません。ワイヤーを抜く日が一週間延びました。

九月十日、息子の誕生日。もう何年この日に私はいないのでしょうか？　リハビリも再開しました。本日より体重をかけてもよいとのことです。でもまったく出来ません。足の裏が突き刺されたように痛いのです。早く歩かないと。あせりました。その日から一週間、先生は学会でお留守です。先生が帰るまでに何とか少しずつ、あせらずに歩きたい。でも出来ない！　足の裏が痛いよ！「どうなってるの？　私の足の裏は。早く先生診て下さいよ！」もう泣いてはいませんが、助けて欲しい私でした。

九月十六日、一週間ぶりに先生が帰って来ました。やはり先生の顔を見るとほっとします。いつものように私の前にドカン！　と座った先生が「足首の固定は退院後も三か月続くよ！」と、それからこれからのいろいろな事を話されます。「CTの結果、これ以上足首の骨がたわむようなら体重はかけられないよ！」「退院しても出来るだけ歩いてはいけませんよ」「ゆっくり、ゆっくり」「あせらない、あせらない」こんな感じでおっしゃったと思います。やはり大変な手術だったのでしょう。少しでも普通の人と同じように歩けるために足首の可動範囲を残してくれたから、きっと骨がたわむのでしょう。移植した骨が死んだ骨と仲良くなるのを気長に待たなければいけません。少しですが私も理解していました。

「そんなこと今はどうでもいいよ！」「先生！　足の裏が痛くて歩けません！」

「はい、はい」

九月十七日、敬老の日。ここでお赤飯をいただくのは、もう五回目です。実は私、お赤飯があまり好きではありません。

九月十八日、朝の緊急手術の後、伊東先生より処置室に来るようにと言われました。先生の手には明らかに工具箱が握られていました。どこにでもある赤い工具箱です。

「ん?」

「大丈夫。一瞬だから」

次の先生の手にはペンチが握られていました。

「麻酔してよ!」

「そんなの麻酔が効く間に終わる」

「ん?」

「エイヤ!」

「痛い!!」

「終わった」「痛いはずだわ、ワイヤーがくい込んでた」

「どーよ!」

あっという間に先生は足の裏のワイヤーを抜いて下さいました。

「先生がいないから一週間まるで歩けなかったんですよ！」

「先生！　後一週間って言ったくせに、一週間どっか行っていないからもう二週間以上経ってるやんか！」

「だからくい込んだじゃないんですか？」

先生は笑っていました。足首を固定する高価な靴も出来上がりました。

「先生！　私のフェラガモのブーツより高いよ！　この靴」

「フェラガモって何ですか？」先生。

私がコンサル時代、まだとんがっていた頃、買ったブーツです。先生は「大切な事柄」をたくさん知っていますが「くだらない事柄」はまるで知りません。どうやら私と逆さまです。

九月二十日、初めて高級な靴を履いて平行棒を三往復だけしてみます。次の日、金曜日の晩、落合先生が土日に病棟で練習できるように練習用具を持って来て下さいましたが、伊東先生に一喝されて持ち帰ってしまいました。本当に「ゆっくり、ゆっくり、ゆっくり」です。


さあ私は歩きます。あせらずに一歩一歩歩きます。ゆっくり、ゆっくり歩きます。

九月二十八日、ＣＴの結果を待っているのに先生がまた見当たりません。先日「ＣＴの結果、骨がたわんでいたら体重がかけられないよ」と言われていましたから、心配で早く結果を聞きたくて私は朝から先生を探し回っていたのです。夕方病室にみえた先生は新潟で学会だったようで「一日半いなかっただけですよ」大笑いされました。CTの結果を聞くと、得意のポーズです。親指を立てて微笑まれました。

カーテンに囲まれた今私がいていい場所。でもここが私の本当の居場所ではありません。娘が選んで買って来てくれた少し背の高いソファー、テレビの前が私の本当の居場所です。さあ！　ゆっくり、ゆっくり歩いてまたあそこに帰りましょう。

二〇一二年十月四日、私は高級な靴を履いて本当の私の居場所にまた帰りました。これから三か月、寝る時以外家の中でもこの靴を履いて過ごします。「七十点」の手術は今回も私にいろいろな事柄を教えてくれました。またひとつ歩けることが嬉しいと思える時間になりました。誰かに頼るのではなく、一人で歩くのだと思いました。娘も行ってしまいました。一人で歩くしかありません。そのために私は頑張っているのです。誰かに頼って、誰かにつかまって歩くということはただ「生きている」だけだと思います。すたすた歩かないでもいいんです。走らなくてもいいんです。一人で歩くんです。それが「あきらめてはいけないこと」なんです。

そしてもうひとつ。先生がいないと不安で寂しいことを知りました。

大切な人たち　ほんまに、ありがとう

二〇一二年十二月三十一日大晦日。母はいつも通り早く寝てしまい年越しは一人でした。初めての一人です。寂しくはありません。今、子供たちは二人とも幸せです。たぶんこれが当たり前のことなのでしょう。そうして巣立って行くのでしょう。これからは一人で歩いて生きて行きましょう。

二〇一三年二月二十四日、妹の長男、あの警察学校の卒業式を見て涙を流した甥、恭司の結婚式に出席することが出来ました。警察官の正装、肩に金のモールの付いた衣装はとても恰好良くて眩しくて、そこにいられることが嬉しくてたまりませんでした。顔が腫れていて、ハイヒールも履けない足なので、母の留袖を借りて髪型は頬を隠すようにおかっぱにして出席しました。恭司が事前にちゃんと説明しておいてくれたのでしょう。結婚式場の着付け室、座ったままで着付けしていただきました。とても立派な結婚式でした。恭司と愛美ちゃんの幸せそうな姿、妹の緊張した顔。微笑ましい場面、涙する場面、赤い杖をついて息子の腕につかまって歩きました。そうしてひとつの事柄に参加出来て皆で喜び合えることが幸せでした。何回も入院しているのに、家族の節目にいつも立ち合えることを本当に幸せだと思いました。

三月には妹とこゆき、妹の友人が私を旅行に誘ってくれました。私が思い切り楽しめるようにと車椅子まで準備してくれていました。本当に久しぶりの旅行でした。こゆきの運転で出掛けます。淡路島で美味しいものをたくさんいただき、あちらこちらでお土産を選び、酒蔵で利き酒なども連れて行ってもらいました。私だけは温泉も入れないし、ベッドでしたが、楽しいと思える時間は、あの日、真宮先生に本気で怒った、泣いて怒った事柄など何も関係ありませんでした。あの頃の私はまだ小さかったのかもしれません。小さかったと思います。骨が死んで行くのを理解しながらも、まだ認めることが出来なかったのだと思います。あの時は本当に辛かったけどきっと仕方がない出来事だったんですね。ゴメンね！　真宮先生。

私が夕飯を食べる座敷には、私用にちゃんと藤の椅子も用意してありました。あっという間のひと時でした。誘われた時は少々躊躇しましたが、思い切って出掛けてよかったと思いました。皆のおかげでまたひとつ自信が付いたひと時でした。そうして、すっかり出不精になってしまった私を皆が外に連れ出してくれていました。

五月九日、伊東先生外来の日。

その頃から去年骨を固定するために入れた釘が、踵あたりから少し飛び出して来ていました。

「この釘、早い目に抜きましょう」

「先生、今はだめです。娘の結婚式が八月にあります。それが終わってからにして下さい」

「大した手術じゃありませんよ」

「じゃあ結婚式の前に抜いちゃいましょ！」「一週間もあれば退院出来ますよ」

あっという間に七月二日に決定しました。この頃から伊東先生と私の意志の疎通は早いものでした。

三月、娘の新居に初めてみちたかさんのお母さまとお呼ばれした時、どうしても結婚式だけはして欲しいと二人で頼んで、とても暑いけれど遠方の方も集まり安いからお盆にしましょう！　と決めていました。

お母さまは何回も私のお見舞いに来て下さいました。娘が入籍したすぐ後などは、ローストビーフ、鮭フレーク、キュウリのお漬物など持って来て下さったのです。さすがです。長い間看護師として働いていた彼女はちゃんと、この患者が欲するものを知っていました。王将の炒め物の日もありました。ありがたい時間でした。


結婚式が決まった日からは、娘が家を出た時よりも楽しい時間だったように思います。足首が痛くてたまりませんでしたが、娘が結婚式で着るドレスを義母さんと三人で選びに行って、どうしても義母さんと私が思うドレスを娘が選ばなくて、二人でガッカリしたり、その夜、娘の旦那さまが「このドレスしょぼいな」と言ってくれて、義母さんと「よう言った！」と喜んで、後日娘と二人でもう一度ドレスを選びに行ったり、娘の無口な旦那さまと無口な息子が焼肉屋さんで対面したり、結婚式場、披露宴会場を見せてもらったり、披露宴で付けるお揃いの髪飾りを娘と二人で作りに行ったり。暑い季節なので絽の留袖を義母さんと一緒に選びに行くことも出来ました。ドキドキ、ワクワクの連続だったように思います。**七月一日**、手術前日は娘と二人きりでお寿司を食べに行きました。

二〇一三年七月二日、左踵抜釘術。

これは今までのことを考えたら、短時間で簡単だったように思います。ちょうど一週間、**七月八日**に退院しました。

手術前の説明の日、やはり娘も妹も一緒でした。その時の二人の質問は、やっぱりね！　です。
「抜いた釘見せてくれますか？」妹。
「出来ればいただきたいのですが」娘。
間違いなく伊藤先生はその釘を二人に渡して下さいました。

すべての準備を終えて。

二〇一三年八月十三日。

皆のおかげで娘の結婚式を私はこの目でやっと見ることが出来ました。場所はその頃息子が勤めていた永楽館です。恭司の幼なじみの「しんちゃん」も勤めています。挙式のブーケは前の晩、妹が手作りしてくれました。すべて娘が考えて企画した結婚式は皆への、そして私への愛情が溢れたものでした。この日は妹の誕生日です。プレゼントもちゃんと用意してありました。バージンロードは父親役を立てず、娘は兄である息子と歩きました。それが娘の希望でした。恥かしがり屋の息子です。どうするのかな？　と思っていましたが息子は快くその希望に答えました。やる時はやる子です！　不器用な息子が妹を精一杯気遣いながら二人は腕を組んで一歩一歩階段を降りて来ました。そして傍らで待つ新郎に息子は深々と頭を下げました。私と一緒に戦い続けてくれた二人のわが子が眩しいくらいの晴れ舞台を共に手を取って歩いていました。その晴れ舞台に立つ息子と娘を、誰にも見えない隠れた場所からライトを照らし続けていてくれたのは、今は昇格してそんな業務などしなくなった「しんちゃん」でした。自ら志願してくれたようです。二人のわが子をその手で照らし続けてくれていました。

妹が娘の結婚式に作ってくれたブーケ

役目を終えた息子は新郎と並んで立つ幸せそうな妹を会場の一番端でどこか見守るような温かい眼差しでじっと見つめていました。その目は涙を必死でこらえていました。

私のせいで待たせたこの日を、杖を握りしめて、ひと時も見逃すまいとただ見守っていました。傲慢で間違いだらけの私の人生を、道を逸れることなく見守っていてくれた二人のわが子がありがたく、そして心から誇らしく思えるひと時を静かに噛みしめていました。皆さんへ「おかげさま」です。

披露宴にはお店の常連さん、あのクーラーの時工務店に頼んでくれた田中さんもいました。「もう歩けない」と思ったあの日、店を貸し切ってくれた太郎もいました。受付はすべて店のスタッフでした。店でバイトしながらバンド活動をしている大作がメンバーと唄ってくれました。

間違いなく自分が父親役でバージンロードを歩くと思っていた妹の旦那さまは少しがっかりしていたようです。挙式が終わって披露宴の「花嫁入場」の場面。ちゃんと娘は考えていました。サプライズです。「花嫁入場」の付添人をお願いしたいと係の方が弟の耳元でささやきました。弟は

弟（妹の旦那さま）と娘の登場シーン

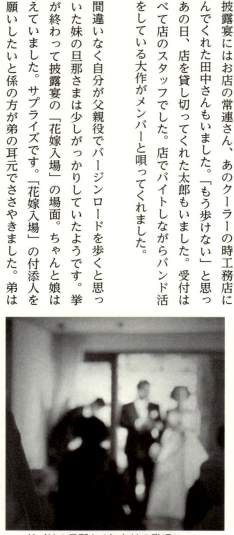

声を出して泣きました。二人の入場の瞬間、カーテンを開けてくれたのもやはり「しんちゃん」でした。カーテンが開いて弟は少し照れながら、それでも娘が組んだ腕をしっかりと握って、待っている新郎に深々と頭を下げました。

最後の母親が花束をもらうシーン。普通は最前列に親が呼ばれて新郎新婦と並ぶものですが、違いました。瑛梨とみちたか君がそれぞれの母親のもとまで花束を抱えて来てくれました。私が歩かなくても済むようにちゃんと考えてくれていました。きっと瑛梨がそうしたのだと思います。

皆さんへ「ありがとう」です。本当に私は幸せ者です。

そうしてまだ足首は残っていますが、確実に少しずつ私は皆と歩いていました。

二〇一四年七月二十六日。

遠くからいつも私を見ていてくれた、あの夏の日「店なんて潰してしまえ！」と本気で叱りながらそれ以上何も聞かずに百万円送ってくれた、なのに新聞で飲食に関する記事を見つけるたびに切り取って送ってくれた、「今はぐるなびがいいらしい」なんて皆とっくに知っている事を新聞記事と一緒に手紙をくれた、「何で弘子がこんな目に合う！」「薬害だ！」「訴える！」と叫んで「そんなこと言ったってステロイドがなかったら弘子は死んでいたんだよ」といつも正子おばちゃんに慰められていた、父が亡くなりました。

少し前から肺炎で入退院を繰り返していましたが、いよいよもう危ないかもしれないと知らせを受けて、とにかく一刻も早く父に会いたくて、取るものも取りあえず、妹と千葉の病院に向かいました。その時、いつもなら必ず考えること、淡路島の旅行の時も考えた「歩けるかな?」ということ、たぶん何も考えていなかったと思います。「歩けるかな?」ではありません。父のいるその場所に行くには歩かなければ行けません。東京駅には正子おばちゃんが待っていてくれました。そこから千葉の浦安まで行くには東京駅を三十分ほど歩かなければなりません。歩きます。父に会うために歩きます。やっと辿り着いて、もうほとんど意識のない父に妹と私は「お父ちゃま！　来たよ！」と声を掛けました。その声がきっと父に届いたのでしょう、父はガバッと起き上がろうとしたのです。そしてまだ温かい父の足を撫でながら久しぶりにその足を眺めて「足の指、私とそっくり」と思いました。それが、愛おしくて、いつまでもいつまでも私は父の足を撫でていました。厳格な父には何も似ていない、いい加減な私でしたが足の指が、その形がそっくりなのが何だかとても嬉しかったのを忘れません。ただそれだけですが忘れません。子供の頃からの父と過ごした場面がまるで走馬燈のように私の頭の中をグルグル回っていました。父の足の指なんてもう何年見ていないでしょうか?　こんな真剣に眺めたのは初めてかもしれません。痩せこけた父はとても小さくなっていました。そんな時でさえ私は偶然入院せずにここにいられました。遠い父の最期に歩いて会いに行くことが出来ました。その時を父が待っていてくれたのか、偶然なのか解りません。でも私は確かに父の最期に立ち合うことが出来ました。最初はとても呼吸が辛そうでしたが、最期はとても静かに、穏やかに父は逝きました。

その頃の私は父が亡くなる時も葬儀の時も妹と千葉まで行っていましたが、妹が気を遣って「ここで待っとき！　切符買って来る」と言ってくれても体重をかけてじっと立つことが辛かったのです。もう右足首の骨はぺったんこでした。

八月六日、従妹の智子が亡くなりました。私より若い年齢です。癌でした。こうして今生きている私はたぶんとても幸せ者なのでしょう。

あきらめなければいけないこと　迷惑かけへんってことやんな

寝ている時が今一番幸せです。難しいことは何も考えなくていいし一番自分らしくいられます。そしてよく夢を見ます。それが幸せなんです。夢の中の私はとても綺麗です。夢の中で私はむちゃくちゃ歩いて、むちゃくちゃ走っているんです。治ったのかな？　とにかくむちゃくちゃ歩いているんです。胸を張ってハイヒールを履いて、河原町通りを颯爽と歩いています。だから寝ている時が一番幸せなのかもしれません。「寝ている」ということは「生きている」ということでしょう。

八月二十七日、伊東先生外来の日。この日は娘が付いて来ました。なかなか決まらない右足首の手術の日をはっきりさせる！　というのです。何回もの手術の中で大体の役割分担が決まっていました。手術の日を決める日に立ち合うのは娘。決まった手術の説明を聞くのは妹と娘。手術の日どこも行かないで終わるまで待っているのが母。時々来てテレビカードを買うのが息子です。娘の目力で手術の日は十一月二十五日に決まりました。

二〇一四年十一月二十五日、右足首固定手術。

もう右足首の関節は驚くほど死んでいました。レントゲンで見てもぺったんこです。そこに名前は知りませんが上の骨が刺さって立っているのが辛いのです。先生の決断は反対側の腸骨を移植して完全に固定してしまうことでした。もうそれしか選択枠はなかったようです。

後になって足首が動かないことの恐ろしさと危なさを思い知るのですが、この時の私には解らない事柄でした。

この手術も日帰り手術室で行いました。当日は連休明けの大雨でした。娘が迎えに来てくれましたが、大渋滞。三十分遅刻しました。手術の日に遅刻です。先生は「午後からの手術もありますから急いで手術しますよ！」少し意地悪を言いました。「ごめんなさい」デイサージャリーは終わると親族が呼ばれて私が目覚めるまで控室で待っていなければいけません。もう三回目です。いつも私はとうに麻酔は覚めていましたが眠いのでずっと寝ていました。「眠い」というよりそれなりに身体が疲れていたのだと思います。「いつまで寝てるんや！」妹と娘の声が聞こえて来ます。最初の手術の日全員が不安そうな顔でそれでも精一杯微笑んで送ってくれたのに、度重なる手術を経験して母以外は皆もうすっかり慣れてしまったようでした。

目が覚めてよく見ると足首は包帯でグルグル巻きですが、わき腹の下あたりの傷口には絆創膏が貼ってあるだけです。そこから骨を取って移植したようです。起き上がるのも、咳をするのも痛くてたまりません。

「先生！　足は大丈夫だけど、ここが痛いよ！」

先生は「十日ほどで治る」とおっしゃいます。

今回は「二〇三号室」が満床で「二〇四号室」からのスタートでした。足首は全体重がかかるために完全に固まるまで当分歩くことが出来ません。六週間かかるとのこと。びっくりです。リハビリもないので、痛いとか、辛いということはあまりないのですが、足首が下げられないために車椅子に太い板が刺さっています。そこに足を乗せてトイレに行きます。便座に移る時も足を上げたまま移動します。その練習は大変でした。そんなサーカスみたいなこと何度練習しても上手く行きません。トイレに行きたくなったら、ナースコールをして看護師さんに付いて来ていただかなければならないのです。出来るだけ水分を控えて過ごしました。

十二月九日、抜糸の日。そういえばわき腹はもう痛くありません。先生ってすごいですね！　どうして自身、腸骨取ったことないのに解るのでしょうか？

十二月十七日、初雪が降りました。そういえば冬に入院するのは初めてです。お年寄りとのクーラーの戦いがないから、冬の方がいいかもしれません。いつも通り夏だったら父の死に目にやはり会えなかったでしょう。不思議です。**十二月二十二日、**教授回診の日。大好きな「二〇三号室」に私は移りました。「後二週間頑張ってね。年が変わったら歩く練習しましょうね」と教授はおっしゃいました。お正月は一時帰宅してもいいとのことでしたが、まだ歩く練習もしていない、車椅子に移るにも大変だった私は、家に帰っても邪魔なだけです。車椅子で過ごせる家ではありません。私はここで年越しすることを選びました。

十二月二十四日の日記より。

X'mas イブ。それがどうした！

十二月二十七日土曜日。皆さん自宅に戻られる中、ひとりぼっちの病室になりました。このところいろいろな方々といつもワイワイ、ガヤガヤと過ごしていた私です。ひとりぼっちは初めての経験です。私が家に帰っていたら「二〇三号室」担当の看護師さんは楽になるのかな？　少しだけそんなことも考えました。

大晦日、妹が病室に小さな門松を飾ってくれました。娘も小さな獅子舞と折り紙を持って来てくれました。皆忙しい主婦です。それでも来てくれました。娘は金色の折り紙で小さな獅子舞の後ろに金屏風を作り慌てて帰って行きました。その夜、看護師さんと新春の飾りを残りの折り紙で折りました。門松と獅子舞とともに飾りました。十時就寝のルールもなく、紅白歌合戦を観て過ごしました。ひとりぼっちの病室ですから少しいたずらして四個の冷蔵庫全部使って過ごしました。少し寂しいけれど、辛い思いはもう少しもありませんでした。

何年か前から大晦日はいつも一人でしたから、こんな年越しもいいな。なんて勝手に思って年を越しました。元旦はささやかなお節もいただきました。三が日続きます。お節はいいのですが、牛乳はいつも付いていましたから、早くパンがいいなと思いながらいただきました。その日は大雪でした。お正月の大雪は六十年ぶりだとテレビが教えてくれました。

一月五日、加重十キログラムから立つ練習のスタートです。体重計に乗って右足に十キログラム体重をかけて立つだけです。先は長いようです。

母は毎年、伏見稲荷大社にリュックサックを背負い「商売繁盛」のお札をお返しして、また新しいお札を買って来てくれます。「商売繁盛」にはほど遠い店ですが、母は毎年「それが、私の役割！」と伏見稲荷に足を運んで

大晦日、妹が持って来てくれた門松と娘が持って来てくてた獅子舞と金屏風

くれています。
それはいつも母と二人で行っていました。屋台で焼鳥を食べたり、本堂の奥にある鳥居だらけの山を登って甘酒を頂き、京都市内を眺めたりしたものでした。私の足が壊れて歩けなくなったその年から母は一人で毎年欠かすことなくに通ってくれます。お正月は混むからと車ではなくリュックサックを背負って京阪電車で通ってくれます。この年も忘れず伏見稲荷大社に行ってくれました。

一月十九日、後にこの文章を書くことを勧めて下さった、西川さんが手術を終えて入院して来られました。「痛い！」「痛い！」と叫ぶ彼女が可哀想で一日静かに音をたてないように過ごしました。「痛い！」と言いながら、痛いことを怒っていたと思います。入院というものが皆さんと労わり合いながら、励まし合いながら、その時をその空間を共有するものだということを、何回も手術して入院した私はすっかり身に付いていました。もう優良入院患者です。伊東先生もそのことを知っていました。
その日、息子がやって来ます。「シー！」「静かにしてね」「痛がっ

誰も居ない病室で一人で食べたお節

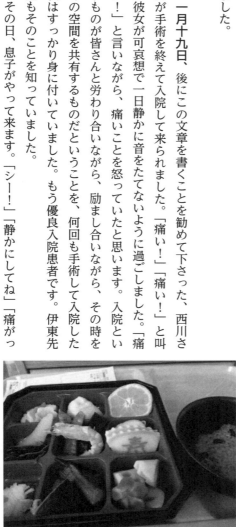

てる患者さんが隣にいるから」ほっておいても静かな子ですが。お正月に伏見稲荷大社で買ったと「病気平癒」のお守りをもらいました。それは初めて杖を買った時、娘が買って来て杖にぶら下げてくれたお守りとお揃いでした。あれからずっと私の杖にぶら下がっているので、もう真っ黒です。息子はかなり遅い目ですが、とても、とても嬉しかったのを忘れません。同じ大きさ、同じ色、同じ桐の箱に入ったお守りです。何だか不思議です。

後に、西川さんはおっしゃいました。「何かを落とした時、車椅子のあなたが素早く拾ってくれたのが嬉しかった」と、実はこの頃の私、ルームメイトに「ちょっかい」を出すのがもう大好きだったんです。ただの「おせっかい」です。もうカーテンに洗濯バサミは留まっていません。いつもカーテンは大きく開いています。いつも、皆と関わっていたいのです。ひとりぼっちは寂しいんです。どこか出番はないか？いつもスタンバイしているんです。一日でも私より後に手術された方は皆、私の後輩です。先輩は「何か教えてあげることはないかな？」「何か役に立つことはないかな？」「何か助けることはないかな？」と少し元気になるとキョロキョロキョロキョロキョロキョロしています。

最初の頃には考えられないことでした。病室の方々と関わり合いになるのが嫌で、なるべく皆と顔を合わせなくて済むように工夫していました。だから、洗濯バサミもいつも持っていました。いつも僻んでいたから人と話すのが嫌でした。だから自分の殻にこもるためにカーテンをすべて留めて過ごしていました。でもこの頃の洗濯バサミはタオルを干す時位の登場でしょうか？　やっと本来の使い方が出来ていました。「慣れ」と言うものはすごいものです。同じ時を過ごすなら殻に閉じこもるのではなく、同じ時を過ごしている方々と関わり合いながら過ごした方が楽しいことをやっと解り始めていました。

あきらめなければいけないことを徐々に理解した頃から、僻むのも泣くのもやめたような気がします。

その日から二十五キログラム加重になりました。もう平行棒つたいなら歩けます。

私は伊東先生に二月の第一週で帰ることを宣言しました。今回は先生に伺うのではなく、自分でその日を決めました。もう私は知っています。何回も入院したから解っています。先に宣言した方がいいんです。その日を目指して頑張れます。追い出されることもありません。「もう帰れば？」と言われる前に宣言した方が悲しくありません。

一月二十七日、松葉杖での練習開始です。頑張って練習した後はもう、腕がだるくて車椅子で進む作業がとても大変でした。三日後には、肩が凝って歯茎まで痛くなって来ていました。でももう伊東先生に「ピップエレキバン貼ってもいいですか？」は言いません。きっと返事はありません。後一週間！　頑張るしかありません。

一月三十日、マイ松葉杖も買いました。体重はまだあまりかけられませんが松葉杖があれば歩けます。マイ松葉杖を誰かに見せたくてたまりませんでしたが、その日に限って母も妹も娘も来ませんでした。

あれだけ痛がっていた西川さんも、もうリハビリ室で毎日頑張っていました。先輩で優良入院患者の私は見本を見せなければなりません。一生懸命歩きました。

そうして二〇一五年二月六日、すっかり親しくなった西川さんと再会を約束して松葉杖をついて私は宣言通りの日、退院しました。娘と妹がまた来てくれました。

後にこの西川さんが私の人生に素敵な光を指して下さることになるとは、この時少しも思っていませんでしたが、心を込めて人とお付き合いすることの大切さを私は知ったように思います。

「心を込めて」「素直な心で」「飾らずに」「ありのまま」素敵です。

後少しもう少しです。きっと。

二〇一五年二月二十五日。

退院してすぐですが私たち家族は引っ越しをしました。やれば出来るものです。私たちはもう二十年以上賃貸のマンションに住んでいました。家賃を払うより住宅ローンの方が遥かに安いこと。いろいろ調べて娘の旦那さまにも相談しながら、入院前にもう物件は決めていました。工務店さんと入院前いろいろ打ち合わせを済ませて入院中にリフォーム工事もして頂きました。「身体障害者」のためにリフォーム工事をすれば助成金が出ることを智子が教えてくれました。お風呂場に手すりを付けたり、バリアフリーにしていただく工事です。入院している私に代わって工務店さんが申請に市役所まで何度も足を運んで下さいました。少しの助成金でも大切です。ローンはもちろん息子の名義です。おばあちゃんと私がいなくなっても、せめてわが家でもあればお嫁さんも来るかな？　そんな思いもありました。冬になるとベランダが葉っぱだらけになる東向きの二階ではありません。すぐそばの築二十年のマンションですが七階の南向きです。以前のマンションより一回り小さくなりましたが、娘もお嫁に行っていなくなりましたからいいんです。日当たりの良い明るいお部屋です。昼間電気を付けることはありません。松葉杖を付いての荷造りでしたが頑張りました。だいぶ前に娘が買って来てくれたコロコロ転がる椅子も大活躍です。ダンボールに荷物を詰めて、また詰めて、それを重ねることが出来ないので松葉杖で歩く隙間もありません。仕事から帰って来た母がそれらを全部重ねてくれます。翌日また新しいダンボールに詰めていきます。さすがにクタクタになったのを忘れません。妹家族も娘も手伝ってくれました。三月になると運送屋さんの値段が倍になると言われて、二月中に頑張りました。こんな身体になってしまって不安だらけの将来かもしれないけれど、これからは、賃貸でなく持ち家だということに少しだけ安堵しました。


三月二十日、膠原病内科受診。長かったステロイド朝5㎎がやっとほんの少し4.5㎎になりました。

六月十二日からはステロイド朝4㎎そして夜プログラフ2㎎に変わります。**十一月六日**よりステロイド朝3.5㎎夜プログラフ2㎎になりました。

「プログラフ」とは、調べてみました。「ループス腎炎、ステロイド薬の使用が効果不十分、または副作用により困難な場合。免疫抑制剤」とありました。この薬には副作用はないのでしょうか？　この年もあっという間に過ぎて行ったように思います。

右の足首は一切動きませんでしたが、まだ多少左が動いたので家だけで過ごすにはそれほど不自由は感じていなかったと思います。

年が明けて今年のお正月、息子が初めて「商売繁盛」のお札を伏見稲荷大社で買って来てくれました。それは母が行くより早かったようです。いつも母が買って来てくれるものより一回り小さいお札だったけれど、嬉しくてたまりませんでした。息子が少しだけ店の方を見ようとしてくれているのかもしれません。母は古いお札を返すためだけにまた伏見稲荷大社に行ってくれました。

二〇一六年一月十二日、左足首固定手術。

たぶん、たぶん、きっとこれが最後の手術になるはずです。

四年前に二本の釘で固定して頂いた足首でしたが、翌年に一本抜いて、私の体重を支えられなくなったのかもしれません。じっと立っている時の激痛はそうとうなものでした。

足首の可動域をほんの少し残していただいていましたが、やはりこの足も右足同様完全に固定するしかありませんでした。仕方ありません。

「足の指と足の甲の間にある関節が動きますから、さほど不便はないですよ」と先生はおっしゃいます。信じるしかありません。

これは整形外科が十二月に新しい病棟にお引越しということで今年まで延ばしました。この手術も日帰り手術室です。前の手術のように、遅刻してはいけないと母と二人タクシーを予約して向かいました。早く着き過ぎて、私は吹き抜けの病棟の四階から一階のロビーにあるテレビで「NHK朝の連続テレビ小説」を観て過ごしました。余裕です。泣いても、わめいてもその時間が来るならじっと待つしかありません。

妹と娘は「どうせ手術が終わるまでずっと待ってなければならないんだから終わる頃行くよ」余裕です。もう手術待ちの専門家です。

母だけは未だに緊張していました。私がテレビを観ている間もウロウロウロウロしています。二人がいないのですから、手術前の説明を聞く親族は母しかいません。目が泳いだまま一緒に手術予備室に入って来た母は先生のお話を聞いているのか？　いないのか？　絶えず出口ばかり見て一刻も早くこの場から脱出する方法を考えているようでした。「お母さん！　まだですよ」「ここにいて下さいよ！」と看護師さんに叱られながら、何度出て行こうとしたことでしょう。母の許容範囲はとうに超えていたのでしょう。可哀想ですが、少し滑稽でした。

手術が済むと今回はまだ半分麻酔の残った覚醒した状況でベッドのまま病室に運ばれて行きました。移動の間、身体が重くて、だるくて、寒くて、よくわかりませんがベッドの上で暴れまくっていたようです。

伊東先生に何度か怒られたのを朦朧としながら覚えています。

新しい病棟ですから、どこをどう通って病室にたどり着いたのか、私にはまったくわかりませんでした。少しずつ麻酔から解放されてくると、「次からもう絶対嫌だからね！」「あんたたち早く来てよ！」昼頃に来た妹と娘に母は噛みついていました。まだ次があると母は思っているのかな？　やっとこれからの私を認めたのかな？　その時私は少しだけそんな風に思いました。

すっかり麻酔から覚めてあたりを見渡してみました。入院の専門家でも少し戸惑いましたが何もかも新しいので気持ちのいい病棟でした。

母以外、私も妹も娘ももうすっかり「専門家」です。なる必要のない、ほとんどの人がなったことのない、なったからと言って何も偉くない「専門家」になりました。

去年とほとんど同じ経験ですから段取りは解っていました。手術の前、伊東先生と受診の時の会話です。

去年と一昨年に両腸骨を削って移植していましたから
「先生、次はどこから取りますか？」この時の私も、もう専門家気取りです。

「腸骨も、もう少し取りますが、以前の手術で切断した腓骨をもう少し切って移植します」と先生。レントゲンを見ながら説明して下さいました。

「えっ！　この骨ブラブラなんですか？」

「歩いていてブラブラ感じますか？」

「感じません」

この頃の二人はこんな様子でした。

術後辛いことも苦しいこともいろいろありましたが、「いつもこんなもんだから」「いつもこれくらい痛いから」「いつもと一緒だから」「いつもより辛いということないから」そして、「いつも必ず痛くない日がくるから」「いつも必ず治るから」と繰り返しそう感じていたように思います。

抜糸の約束をしていた日、伊東先生は朝から手術が何件もありました。それでも約束通り夜九時頃病室に来て下さいます。

「先生、顔が疲れてますよ！　抜糸明日でいいですよ」

「大丈夫ですよ」

「顔が疲れてますよ！　帰って下さい」

「そうですか？　それでは失礼します」

その後、すぐ病室にみえたのは正木先生です。たぶん抜糸を任されたのでしょう。電気ノコギリでギブスを外してみて、一部まだ傷が塞がっていない箇所がありました。

「どうしよう？　まだ伊東先生帰られて間がないから、もう一度戻っていただきましょう」「もう、いいですよ！」「くっついている所だけ抜糸しちゃって下さい」

「伊東先生疲れていましたから」「申し訳ないですよ」とても「いい子」の私です。もう何回傷口を縫ってそれから何回抜糸したかわかりませんが、痛くない時も痛い時もありました。痛すぎて先生の頭を殴った時もありました。でも「痛い」といったってそんなに大したことはありません。何回も何回もして来た手術とリハビリのことを思い起こせばきっと大したことないんです。目をつぶっていたらすぐ終わります。本当に「痛い」ってこんなもんじゃありません。

　この時の入院中も一人のルームメイトが「抜糸は伊東先生でなければ絶対いやだ！」と言って先生方を困らせていました。確か西川さんもそうでした。伊東先生は忙しい中、彼女たちの希望に答えていました。それはそれでとてもよく解ります。痛いことでもやはり安心して痛い思いをしたいのだと思います。伊東先生ならきっと安心なのだと思います。私はもう、イライラすることも、泣くことも、怒ることもなくなりました。

二月十一日、建国記念日。この日の昼食は「お赤飯」でした。去年は六日に退院していましたから私は知りませんでした。敬老の日だけじゃなかったんですね。

最後の入院で建国記念日、
私の嫌いなお赤飯

がっかりです。

四週間固定の後、リハビリの南田先生と毎日一生懸命歩きました。この前は六週間の固定でしたから、かなり早い回復です。右足と同じギブスも出来あがりました。

「先生、今回の手術は何点ですか？」ある日私は先生に聞いてみました。

「以前先生、自分の手術七十点っておっしゃってましたよ」

「そんなことありましたっけ」「覚えてないな」

「うーん。腓骨が思っていたよりボロボロで困りました」

「先生、今回の手術は百点ですよ！」私は言いました。

初めて訳もわからず高田病院に入院した日の翌朝、朝ごはんも食べられなかった私はもうどこにもいません。カーテンを洗濯バサミで閉め切って誰とも話をしなかった私もいません。

身体が壊れる。私の骨が死んで行く。入院する。手術する。痛くても、熱が下がらなくてもリハビリする。歩いてはいけない日がある。「歩け！」と怒鳴られる日もある。

そんな日々楽しいはずはありません。でも仕方ないことなら、ここに来てここでの出会いを大切にした方がいいことを知りました。

この期間にも素敵な方々にたくさん出会うことが出来ました。ここに来なければ、ここにいなければ決して出会うことのなかった方々にまた出会えました。

手術の翌日まだ身動き出来ない時、何かを落として、それはコロコロと転がって困っていたら隣の方が拾って下さいました。そして「皆、最初はそうよ」と優しくおっしゃいます。そうなんですよ！　西川さん。だから「出来ない人」を「出来る人」が助ければいいんです。

そして「出来ない」ことも頑張ればきっと「出来る」ようになります。それがきっと入院生活だと思います。

美味しい梅干しもお漬物もいただきました。ルームメイトが退院する日の朝は、ドトールコーヒーでコーヒーを買って来て、皆でお祝いをしました。皆私より後輩なのに先に元気に退院して行きます。祇園で長くクラブを営む祇園生まれ、祇園育ちのママもいました。退院の日、「必ず皆で飲みに行くね！」と言うと「カード払いも出来ないの」と言います。私たちはものすごく高いお店なのだと納得しました。私はもう僻んだりしません。まだ授乳が必要な赤ちゃんがいるお母さんもいました。時々、おばあさまとおじいさまに連れられて来る赤ちゃんをいつまでも愛おしそうに抱いていました。どれほど辛かったことでしょう？　今孫が出来て、つくづく思います。早く赤ちゃんの所に帰ってあげて。心から思いました。

それぞれの本当の居場所に帰って行くことを、「よかったね！」と言えました。新しい病棟の最上階、とても日当たりのいい、景色が素晴らしいエレベーターホールの椅子に皆で座って、いつまでもいろいろなことを話しながら過ごしました。公民館で喫茶店をしている彼女と、「ここで喫茶店やったら流行りそうだね」そんなことも話していました。彼女はその頃まだ産まれていない私の孫のお宮参りの段取りまで考えてくれました。皆良い人ばかりでした。

そしてまたいろいろなことを教わりました。西川さんからお見舞いの電話も頂きました。この時の私も元気になってからは「ちょっかい」出しの「おせっかい」です。車椅子の操作が下手な方に、操作の仕方を教えていました。ルームメイト全員のお風呂の順番を取りに、朝から大忙しです。部屋に備えられた、車椅子では少し入り辛いトイレで困っているお年寄りの車椅子をいつも押していました。もちろん私もまだ車椅子です。「終わったら声掛けてね！」「ドア開けてあげるから」なんて言っていました。

リハビリ室では、いつも同じ時間にやって来る、骨肉腫のとても男前の青年を「頑張れ！」「頑張れ！」と応援していました。彼も「頑張って下さい」と言ってくれました。二人で松葉杖をついて、リハビリ室を何周もしました。やはり若い彼には到底追いつけません。彼はドンドン快復して行きました。彼がリハビリ室に現われない一週間。それは抗がん剤治療の期間です。私はあのエリカちゃんと会ってそれを知っていました。

心の中で「頑張れ！」「頑張れ！」と応援しました。南田先生には「前田さん、面食いだね」と、からかわれました。また励まし合って、慰め合って、笑い合って過ごしたと思います。そして、わざと忙しそうにまた皆の「おせっかい」をして過ごしていました。やはり私、しばらく忘れていましたが、忙しいのが好きなようです。忙しいふりをしていたのかもしれません。鶴見橋商店街でそうだったように、

iichan.chiでそうだったように皆と常に関わって、皆と話して、笑って悩んで励まして、励まされる。そして忙しく動き回る。そんな持ち前の性格が八年もたって少しずつですが蘇っていました。辛い時、痛い時、僻んでいた時にはすっかり忘れていた感情だったと思います。

二〇一六年三月四日、三日前に雪が降ったなんて信じられないくらいの快晴の日、去年より少し早く私は退院しました。

これで両足首ともにまったく動かなくなりました。このことがどれだけ大変なことなのか、これから外に出て、私の足で歩いて、感じて行くのだと思いました。

抜糸の時まだ塞がっていなかった傷口に塗るためにいただいた軟膏がありました。退院の日、私は伊東先生に伺いました。

「先生、この薬はもう必要ないですか？」

「切り傷、擦り傷に塗る薬だから今後何か役にたつかもしれませんよ」

「あっ、オロナイン軟膏みたいなものですか？」

「オロナイン軟膏って何ですか？」と先生。

やはりこの先生は大切な事柄はたくさん知っていますが、どうでもいい事柄は何も知りません。最初から最後までそのスタンスは変わりませんでした。

今回もまた店のことや、お金のことで家族にたくさん迷惑を掛けました。私は一人で勝手に治って、勝手に元気になったのではないことを感じていました。

看護師さんや、スタッフたちは「もう来ちゃだめよ!」とおっしゃいます。さて、どうなるのでしょうか? これで十三回目の手術が終わりました。

今思うこと　やっとわかって来たわ、少しだけ

私は何回、泣いたのでしょうか？　そして何回、あきらめたのでしょうか？　皆に数え切れないほどの迷惑を掛けてもう生きていたくない。消えたい。と思った日も正直何回もありました。

でも私はもう泣いていません。泣いても、もがいても何ひとつ解決しないことを学びました。

このパソコンを打っていると私の様々な姿が思い浮かびます。ある時は病院のベッドの上でした。僻みながら打った日、泣きながら打った日もありました。そしてある時は二階のベランダから様々な季節の見える部屋からでした。コロコロと進む椅子に座って打った日もありました。今はもっと景色の良い七階の南向きでとても明るい部屋からです。勉強机の上だったり、台所のテーブルの上だったり、いろいろな場所でこの文章を打ち続けました。あの時、その時の場面や気持ちを思い出しながら、その時書いた日記を開きながら打ちました。

私は今の現実としっかりと向き合っているつもりです。いろいろなことをあきらめました。

右腕は、利き腕なので使う頻度も多いせいか、高く上がります。でも左腕はあまり上がりません。これはあきらめてはいけないことです。もっと練習をしなければいけません。練習すれば必ず高く上がります。床に座ること。しゃがむこと。足を組むこと。畳の部屋に寝ること。そして、ハイヒールを履くことはあきらめました。悲しいけれどあきらめました。

両足首を固定したので、今はロボットのようにしか歩けません。でもあの日ヤクルトおばさんに声を掛けられたロボットではありません。壊れたロボットではなく、修理済みのロボットです。修理はしたけれど、元通りにはなりませんでした。

ここまで出来ること、ここまでしかできないこと。それを理解したから悲しいのかもしれません。


溜息の数だけ辛くなることをあの日、看護師さんが教えて下さいました。

気長に付き合わなくてはならない病気だと前田先生が教えて下さいました。

身体を動かすには骨と筋肉が大切なことを小西先生が教えて下さいました。

外人さんみたいな生活をすれば何ひとつ問題ないことを真宮先生が教えて下さいました。

悲しかったら泣いていいことを落合先生が教えて下さいました。

少しずつステロイドを減らせばもう副作用がないことを石井先生が教えて下さいました。

そして、何よりひとつひとつ泣いて笑って悩んで私の関節を伊東先生が治して下さいました。

昔まだ若かった頃、妹が入院した時、私は真っ赤なチューリップをたくさん花束にしてお見舞いに行ったことがあります。職場の方が入院した時は大きなかごに果物をたくさん詰め合わせてもらって持って行きました。典型的な「いい恰好しい」でただの馬鹿でした。

入院してすぐ、とても身体がしんどい時は、親族以外あまり皆に来て欲しくはありません。笑顔を作るのが辛いのです。少し元気になって、ご飯が食べられるようになったら、ふりかけやお漬物、日持ちするおかずが欲しくなります。病院の食事はあまり美味しくありません。でも塩分控えめの方には、それらを持って行ってはいけません。

もう少し元気になったら、面白い小説や雑誌、クロスワードパズルなどが欲しくなります。小説や雑誌は好みを聞いてあげて下さい。パズルを持って行く時は鉛筆と消しゴムも一緒に持って行ってあげて下さい。

おやつは、おせんべいはだめです。ボリボリ音がします。温かくて甘い香りのするものもだめです。湯気に乗っていい香りが病室中に広がります。病室に食べられない患者さんがいたら可哀想です。日持ちのする、パウンドケーキかチョコレート、「飴ちゃん」がありがたいです。でも糖分控えめの方には持って行ってはいけません。

自分が「痛い目」をして「人の痛み」を知りました。

練習して、もう少し歩けるようになったらしたいことがあります。

それは、息子と映画を観に行きたい。まだ息子に聞いていませんが、今の彼ならたぶん断らないでしょう。その時どんな映画が流行っているか解りません。二人で気が合う映画があったらいいなと思います。電車に乗るのは今とても怖いのです。ホームと電車の隙間も怖いし、座れなかったら、どうしよう。という思いもあります。でもきっと息子が手をつないでくれると思います。

そして娘と伊勢丹に行きたい。それが春か夏か秋か解りませんが、その時の流行を教えて欲しい。スマートになっていろいろな服を試着したい。二人で孫の服など選んでみたい。伊勢丹は段もエスカレーターもたくさんだから頑張らなければいけません。帰りにシャネルに寄って二人でお化粧をしたい。流行の色のシャドーを二人で買ってみたい、帰りにレストランで食事したいと思います。

妹とは二人で東京に行きたい。切符を買って来てくれるのを、ただじっと待っているのではなく、荷物を持ってもらうのではなく、この足で二人で歩いて銀座に行って美味しいものをたくさん食べたい。広い東京駅を歩き回りお土産をたくさん買いたい。それから、ホテルの朝食バイキング。いつも私の分も取って来てくれるけど、次からは自分の分は自分で取りに行きたいと思います。

そして、母とは今までずっと馬鹿にして来た朝のウォーキング。一度二人で歩いてみたい。二度は無理です。たった一度でいい。とても天気のいい日、春か秋がいい。この足で母と二人で歩きたい。笑いながら、それは肩を借りるのではなく、それぞれの足で。

母はとても歩くのが遅いのです。昔は同じ駅から同じ電車に乗るのに母は五分早く出掛けます。それでも私は追い付きました。今、だからちょうどいいかもしれません。木幡に気のきいた「モーニング」の店があるかは知りません。あればいいなと思います。もしあればそこで二人で過ごしてみたいと思います。

お先にどうぞ、私ゆっくり歩きます

きっと行けると思うわ

あの日、「特定疾患」の認定を受けることをあれだけ拒んだ私が今、「身体障害者」になりました。以前の私は「身体障害者」という言葉をどれほど疎んじて来たことでしょうか。

ある日、店のある商店街での会議に出席した時のことです。「サービスセンター」に車椅子を用意しようという議題でした。店主のお年寄りたちは全員賛成されました。私には意味が解りませんでした。「車椅子が必要な方がサービスセンターまでどうやっていらっしゃるんですか?」そんな質問をしました。馬鹿過ぎます。こうなってみて、よく見れば駅にもスーパーマーケットにも映画館にも百貨店にも、どこだって車椅子は用意してあります。こうなってみるまで、それは私に見えませんでした。

アスファルトの道がどれほどデコボコかということ、町にはたくさんの段差があるということ、タクシーが歩道から離れて停まったら乗り込むのにとても時間がかかるということ、優先座席に若者が平気で座っているということ、一階に駐車場があるファミリーレストランは階段を上がらないと食事が出来ないということ、今まで平坦だと思っていた道は緩やかに坂道だったこと、電車とホームの間には隙間があるということ。私は何も見えていませんでした。見ようともしませんでした。

そして身体の不自由な方々に寄り添う、心の余裕も豊かさもありませんでした。手をさしのべることもありませんでした。

母も妹も息子も娘も私がこうなって気付いたことがたくさんあると思います。だからいつも私を労ってくれます。あまり歩かなくてもいいように車を停めてくれます。段差や階段が多い所は避けてくれます。食事を予約する時はテーブル席を取ってくれます。ありがたいと思います。

足首が動かないということは、ゆるやかな坂でも結構大変です。大手筋商店街は今まで気付きませんでしたがゆるやかな坂道でした。登り坂は身体を前向きに少し反らして歩きます。登り坂はとても大変ですが、あまり怖くありません。下り坂は身体を後ろに反らせて歩きます。下り坂は身体を反らさないととても怖いのです。油断すると前に転びそうになります。足首が固定されていると踏ん張ることが出来ません。階段は手すりがあれば、なんとか前を向いて登れます。一歩一歩です。でもなぜか降りる時は横向きでしか降りることが出来ません。ひとつ下の段に杖を置いて、カニのように一段一段降りて行きます。そうやって、私が私に教えてあげなければいけません。「こうやったら、歩きやすいよ」「こうやったら、階段を降りることが出来るよ」それは、少しだけ不細工な歩き方です。

でももう私は何も恥ずかしくなんてありません。壊れ続けて、死に続けて、不安で押しつぶされそうになった時間は終わりました。

身体障害者はどこでも車が停められるし、新幹線だって映画だって半額です。タクシーのチケットだって頂けます。肩で風をきって歩いている、やくざ風なお兄さんが前から来てもちゃんとよけてくれます。よく杖をついたおばあちゃんが話し掛けて来ます。「おたくお若かいのにどうしはったん？」

この国は本当に優しいいい国です。

そうしてひとつずつ学んで、あきらめて、理解して、吸収して、現実を受け入れて来ました。そうしなければ生きて来れませんでした。辛いとか悲しいとか嬉しいとか楽しいの物差しは、それぞれの自分が持っていると思うのです。その物差しが長ければ長いほど、少しだけ楽に生きて行けそうな気がします。車のハンドルを右にきっても、すぐに右には曲がりません。必ず「遊び」があります。その「遊び」が私は普通の人より多いのかもしれません。

光司も稲さんも今は独立して店主になり、それぞれの店で頑張っています。iichan.chiのスタッフは皆いつも前を向いています。少し宣伝していいですか？　娘の結婚式で唄ってくれたiichan.chiのスタッフ大作がボーカルの「MOLE HILL」がこの夏にフルアルバムを発売しました。そして、その中の曲が「全国高等学校野球選手権地方大会」のテーマソングになりました。嬉しくてたまりません。皆元気に巣立って行きます。私も負けてはいられません！　私歩くのが遅いから、皆先に行ってくれて構いません。ゆっくりゆっくり。でも止まらないで、皆の後ろを歩いて行こうと思います。

終章　お世話になったこと、忘れません

伊東先生が頑張った、「シリーズ・骨の話」も出来上がりました。西川さんが届けて下さいました。その本には、最初にも終わりにもこうありました。

「あなたが受ける治療とともに、あなた自身がその外傷や病気に立ち向かって行かなければいけない」

「あなたがいかにその外傷や病気に立ち向かうのか、その態度、努力によって、最終的な結果は大きく異なる」

「あなたがそれに立ち向かった気持ちと努力は、確実にその結果に表われる」

まるで先生が私に話し掛けているように勝手に思いました。

二〇一六年五月二十五日、私に初孫が出来ました。娘の子供です。やっと本当の幸せを娘は手に入れました。その瞬間も私はその場にいることが出来ました。伊東先生の診察をすっぽかして産院に走りました。本当に幸せ者だと思います。出産前の痛みに耐える娘の姿、出産後の世界一幸せそうな娘の笑顔、私はこの目で見ることが出来ました。私は今、この子を全力で応援しています。母親ですから。

現在は、娘に代わって息子が毎日試行錯誤しながらiichan.chiにいてくれます。安いお給料で朝から夜中まで働いていています。不器用な息子が精一杯頑張っています。本当にありがたいと思います。幸せ者だと思います。私は今、この子を全力で応援しています。母親ですから。

三十年以上経って、私は今やっと本当の母親になれたような気がします。

あの「狼に噛まれたような」血腫が足全体に広がって、「ループス腎炎全身性エリトマトーデス」と宣告され、「癌の方がまだましです」と小さな部屋で言われ、ステロイドを処方されて、あっという間に次から次へと関節の骨が死に、絶望で押しつぶされそうになった日から、泣いて、泣いて、戸惑って、わが身を励まして、十三回の手術を受けました。そんな日々を乗り越えました。そのことは、自分で自分を少し褒めてあげようと思います。

でも、たくさんの方々に数えきれない迷惑を掛けました。心配を掛けました。それは謝らなければいけません。

現在、私はステロイド朝3㎎、夜プログラフ2㎎です。「ゼロ」になることは一生ないと先生はおっしゃいました。

二〇一二年四月二十日の日記に私はこんなことを呟いています。

テレビでやってた。

「座ってばかりいる人は早死にする」

「塩辛いものが好きな人は寿命が縮む」

よかった！

私、今大半を座って過ごしています。塩辛いものが大好きです。まだ少し皆に迷惑を掛けるから、そんなに長く生きていたくないけれど、せめて母よりは長く生きていようと思います。生きて行こう思います。

それがたぶん、今の私に出来る唯一の親孝行でしょう。


お世話になった方々は数えきれません。

たび重なる治療や手術に携わって下さった先生方、看護師の皆さま、病院スタッフの皆さま、特にいつも私を助けてくれた伊東先生。


何回もの入院でお知り合いになったルームメイトの皆さん。

その中でも、この文章をまとめることを心から勧めて下さったエディシオン・アルシーヴ西川照子さん。

弱腰だった私の背中を押してくれた、伯母島正子、私のくだらない質問に根気よく答えて下さった青山ライフ出版代表高橋範夫様、少しの言葉でしか伝えていなかったのに私の想いを素敵に形にして下さった表紙デザイン溝上なおこ様、本当に本当にありがとうございました。

この感謝は忘れません。


私の大切な人たち。

父・母・妹の家族、竹下英子、竹下浩之、竹下こゆき・甥の家族、竹下恭司、竹下愛美、竹下愛唯・伯母、島正子・叔母、武村知子、大西和子・叔父、岡田正也、そして息子大祐・娘の家族、松村瑛梨、松村利貴、松村梨央、

もうどんなに努力しても、こんな風にしか歩けません。

こんな風にならなら歩けます。

あまり歩かないから、筋力が少し弱っているようです。だからすぐに座ってしまいます。その間待ってもらわなければなりません。もう少し長く歩けるように頑張ってみます。

だからもう少し待っていて下さい。

皆と食事をするのが大好きです。でもテーブル席しか座れません。小さな子供のいる家族は座敷の方がいいのでしょう。申し訳ないと思います。

私はたくさんのことをあきらめました。それを皆理解して共有してくれました。

あきらめなかったことは助けてくれました。手をつないでくれました。
どうやらもう少し皆に迷惑を掛けそうです。
いいちゃんはもう以前のように威張ってなんかいません。
どうか私を助けて下さい。
今、素直に言うことが出来ます。

これからもどうぞよろしくお願い致します。

あるがまんま。そのまんま。私は生きて行きたいと思います。

副腎皮質ホルモンによる副作用に苦しむすべての皆さまへ

あるがまんま。そのまんま。

——あきらめたこと。あきらめなかったこと。

著者　前田 弘子

発行日　2017年10月17日
発行者　高橋 範夫
発行所　青山ライフ出版株式会社

〒108-0014
東京都港区芝 5-13-11 第2二葉ビル 401
TEL：03-6683-8252　FAX：03-6683-8270
http://aoyamalife.co.jp
info@aoyamalife.co.jp

発売元　株式会社星雲社
〒112-0005 東京都文京区水道 1-3-30
TEL：03-3868-3275
FAX：03-3868-6588

装幀　溝上 なおこ

ISBN978-4-434-23678-5
